MAIS T'AS-TOUT POUR-ÊTRE HEUREUSE !

DU MÊME AUTEUR

NICOLE DE BURON

MAIS T'AS-TOUT POUR-ÊTRE HEUREUSE !

FLAMMARION

© Flammarion, 1996
2-08-067266-5
Imprimé en France

Avertissement

à mes lectrices et lecteurs bien-aimés,

En corrigeant les épreuves de ce petit roman qui, je l'espère, vous amusera, je me demande avec inquiétude si je n'ai pas déjà raconté certaines anecdotes ou quelques détails figurant çà et là dans mes livres précédents.

Est-ce à dire que ma mémoire flanche?

Hélas!...

Veuillez me pardonner.

CHAPITRE 1

Cinq heures du matin. Vous ouvrez les yeux. Parfait. Une bonne journée de travail s'étend devant vous. A cheval!

C'est là un des défauts que les hommes qui ont traversé votre vie et surtout votre cher et tendre époux vous ont toujours reproché. Vous adorez vous réveiller à l'aube et, l'ardeur de vivre vous fouettant le sang, vous lever d'un bond, courir à la cuisine avaler une tasse de thé et deux biscottes, et hop! foncer dans votre bureau. Où vous vous jetez sur votre très vieille machine à écrire rouge... clac-clac-clac...

Quand vous vous êtes mariée, l'Homme-de-votre-vie a été épaté. Et décida de vous imiter. Et même (ô temps heureux de l'amour fou) de vous préparer le petit déjeuner puis de vous l'apporter au lit. Emerveillée de cette délicate attention, vous ne vous êtes pas méfiée que l'Homme était un poète. Il se levait en gémissant et en bâillant, se traînait à la cuisine, remplissait la grande casserole avec assez d'eau pour faire déborder dix-sept théières, la posait sur le gaz. Qu'il oubliait d'allumer. Et partait s'installer aux toilettes avec un journal. (Cette manie très masculine de lire au petit coin pendant des heures vous a toujours surprise : on est tellement mieux allongé dans son lit ou sur le canapé du salon. Non ?)

Vous, vous attendiez sous votre couette, refrénant tant bien que mal votre impatience. « Hou ? Hou ? » bêliez-vous enfin d'une voix douce. Pas question de manifester le moindre agacement envers un mari assez câlin pour préparer le petit déjeuner de sa femme. Le silence du fond de l'appartement finissait par vous inquiéter. Vous vous leviez et alliez voir ce qui se passait. Rien. Il ne se passait rien. Vous jetiez les trois quarts d'eau de la casserole, allumiez le gaz, posiez bruyamment les tasses sur un plateau.

L'Homme (criant du fond des toilettes) : Pardon !... j'ai oublié... heu... Je lis un article très intéressant... J'arrive !

Comme votre Maman vous avait toujours dit que la vie conjugale était pavée de concessions (féminines), vous le laissiez finir de préparer le thé et couriez vous recoucher pour l'accueillir avec le sourire d'une femme comblée.

Cinq minutes plus tard, sur le pas de la porte de la chambre, il apparaissait, l'air soucieux.

– Où est le pain ?

– Dans la boîte à pain. Près du frigo.

Votre époux bien-aimé avait l'air surpris qu'une chose telle qu'une boîte à pain puisse exister chez lui. Il repartait vers la cuisine.

Malheureusement, en chemin, il rencontrait la glace de l'entrée. Et saisissait l'occasion d'examiner longuement son visage, en particulier le gros poil unique qui pousse au bout de son nez comme une corne de rhinocéros et que vous lui avez interdit d'arracher tellement il vous attendrit.

Des odeurs de brûlé vous avertissaient alors qu'il n'y avait plus d'eau dans la casserole et que les toasts ressemblaient à du charbon de bois.

Vous ressautiez hors du lit, couriez arranger les dégâts et préparer vous-même un bon breakfast avant que sonne l'heure du déjeuner de midi. A l'indignation de l'Homme qui clamait : « Scandaleux ! On ne me fait pas confiance dans cette maison... »

Au bout d'un mois, vous avez décidé, votre Seigneur et Maître et vous, de suivre chacun votre rythme chronobiologique. Vous continuez à vous lever à cinq heures, en essayant de ne pas réveiller votre Amour. Qui ouvre néanmoins un œil.

– Tu pétules déjà ?

– Chut ! Dors !

– Non ! Non ! Je vais en profiter pour me lever aussi.

Et il se rendort immédiatement. A votre grand soulagement.

Ce matin, vous vous extirpez de dessous la couette avec fougue parce que l'Homme n'est pas là.

Parti à la campagne planter une centaine de pommiers.

Qu'il a dit.

Vous faites deux pas sur la moquette.

Et d'un bond, vous vous recouchez.

Un monstre vous a attaquée.

Une Pieuvre Géante qui vous enlace de tous ses tentacules, vous serre la poitrine avec une force inouïe, vous empêche de respirer.

Vous cloue dans votre lit aussi molle qu'une poupée de chiffon.

Dans vos veines, ne coule pas du sang mais des flots de fatigue.

Allons bon, vous avez la grippe. Une bonne grosse grippe. Vous vous tâtez le front. Il est frais. Votre pouls ? Normal.

Inquiétant à reconnaître mais ce n'est pas la grippe. Du reste, vous êtes vaccinée.

Alors quoi ?

Difficile de téléphoner à SOS Médecins : « J'ai une Pieuvre Géante enroulée autour de moi qui m'étouffe. Rrraaggg ! Vite, le Samu !... »

Un autre mal vous foudroie. Un lingot de plomb brûlant s'est introduit dans votre estomac qui, mécontent, se tord comme une serpillière.

Au secours ! Vous êtes empoisonnée.

Qu'avez-vous mangé hier soir ?

Votre plat préféré : jambon/nouilles.

Ce n'est pas un pauvre jambon/nouilles qui vous détruit l'estomac.

... Mais un ulcère.
... Peut-être même un cancer.

Vous éclatez en sanglots.

Pleurer vous a un peu soulagée. Pieuvre Géante a légèrement relâché son étreinte. Vous en profitez pour rassembler vos forces et téléphoner à votre copine Muriel qui a elle-même une copine médecin-spécialiste-de-l'estomac (du diable si vous savez comment ça s'appelle).
– ... une gastro-entérologue, marmonne Muriel.
Gentiment elle ne vous tient pas rigueur de l'avoir réveillée à six heures du matin pour lui apprendre brutalement que vous aviez un ulcère, peut-être même un cancer.
Et réclamer un rendez-vous urgentissime avec son amie Dominique.
Laquelle, réveillée en sursaut à son tour, accepte de vous recevoir à sept heures quarante-cinq avant de partir à l'hôpital. C'est adorable, une gastro-entérologue.
Du coup, vous trouvez le courage de vous lever et d'aller prendre votre bain. En compagnie de Pieuvre Géante toujours enroulée étroitement autour de vous.
Vous (accablée) : Si je dois mourir, il faut que je fasse mon testament avant.
Pieuvre Géante : Bonne idée. Appelle le notaire dès aujourd'hui.

Vous : Je suis trop épuisée. Je ne crois pas que j'aurai même la force de me laver les cheveux.

Pour être franche, vous devez avouer que si vous adorez barboter dans la baignoire et vous savonner vigoureusement partout, vous éprouvez une bizarre répugnance à shampouiner vos trois maigres tifs (ajoutez mous, plats et raides : aucune mention inutile). Déjà, toute petite, vous hurliez quand Mademoiselle vous frottait la tête avec du savon de Marseille, dans le tub rempli d'eau chaude à l'aide de brocs transbahutés par les femmes de chambre de votre grand-mère. Maintenant, ce que vous détestez, c'est vous rincer avec la flotte de la douche qui coule imprévisible – glacée puis brusquement brûlante sur votre tête et vos épaules. Y a-t-il des femmes qui savent régler leur douche ?

Tant pis pour la gastro-entérologue : elle vous examinera avec vos cheveux sales. Après tout, vous êtes une malade.

Une malade qui a déjà bien du mal à s'habiller.

Et surtout à mettre son soutien-gorge.

Avec l'âge, votre poitrine ne pointe plus orgueilleusement comme à vingt ans. Donc soutif indispensable. Mais l'arthrose de vos épaules vous interdit de l'attacher directement par-derrière. Vous accrochez donc les agrafes par-devant et vous tournicotez votre Wonderbra autour de votre buste. Les bretelles en profitent pour se tortiller. Vous les remettez droites en vous aidant du manche de votre brosse à dents (système D personnel).

Puis vous enfilez votre ravissante petite culotte en dentelle.

Votre chère grand-mère – qui vous a élevée en grande partie – vous a transmis, entre autres, un principe de choc : « Toujours porter une jolie lingerie impeccablement propre ». Au cas où vous auriez un accident dans la rue et que l'on vous transporte directement à l'hôpital. Eviter à tout prix l'humiliation que les infirmières et les internes découvrent, en vous déshabillant, que vous trimbalez des dessous raccommodés et crasseux. Vous avez toujours pieusement suivi ce conseil bien qu'il vous arrive de penser que le personnel médical en voit d'autres aux Urgences. Ainsi, paraît-il, que les vendeuses de boutiques même élégantes. Qui se plaignent que des dames, en tailleur Chanel, Dior ou Lacroix, se baladent sournoisement avec une lingerie dégoûtante. Heureusement que votre grand-mère n'est plus de ce monde : elle serait horrifiée.

Comme elle serait épouvantée de découvrir que vous ne mettez plus de corset. Car, pendant des années, elle a veillé à ce que vous portiez non seulement une culotte Petit Bateau et une chemisette de linon bordée d'un ravissant croquet, mais aussi un corset avec baleines de fer et lacets qui vous serrait la taille et écrasait votre poitrine naissante. Vous le haïssiez. Rien à faire. Une petite fille de bonne famille devait supporter cet instrument de torture pour avoir taille fine et dos droit.

Or, après l'armistice de 1940, votre Papa, brillant officier de l'Armée Française, devina ou sut (Services Secrets?) que les Allemands allaient, un jour ou l'autre, envahir la France. Et exigea que son héritière aînée (vous) allât se réfugier au Maroc chez sa mère. Vous avez le regret de dire que celle-ci – votre Maman – ne montra pas un enthousiasme débordant. Outre qu'elle n'avait pas une immense fibre maternelle, elle était remariée à un énorme gorille velu, qui, lui, détestait carrément les enfants. Et ne vous adressa pas la parole pendant cinq ans. Vous vous vengiez en chantant dès l'aube à tue-tête votre chanson préférée à l'époque : *Amapôôôlâââ...*, ce qui le réveillait en sursaut. Vous entendiez avec ravissement la dispute conjugale qui s'ensuivait.

Pour l'instant, votre grand-mère fit ce qu'elle n'avait jamais envisagé de faire de sa vie : elle prit le train seule (avec vous) et vous conduisit à Port-Vendres embarquer sur un bateau de réfugiés direction Casablanca.

La pauvre vieille dame était affolée. C'était la première fois que, dans la famille, une petite créature de dix ans allait voyager sans chaperon (sa gouvernante ou une femme de chambre). Votre aïeule inspecta de la tête aux pieds toutes les passagères du rafiot et finit par vous confier – avec de naïves et véhémentes recommandations – à la jeune femme qui partageait votre cabine. Une Grecque noiraude à l'œil langoureux. Qui se révéla être la plus grande pute du bateau. Toujours dans les cabines des messieurs. Vous ne l'avez jamais revue.

16

Le navire sortit du port.

Sur le quai, votre bien-aimée grand-mère pleurait.

Vous devez avouer que vous, non. Vous étiez bien trop occupée, sur votre couchette, à délacer votre saloperie de corset. Après quoi, vous avez ouvert le hublot et balancé l'impedimenta maudit dans les flots bleus de la Méditerranée.

Hourra !

Votre premier acte d'indépendance.

Vous apparut alors un détail embarrassant.

Votre culotte Petit Bateau s'accrochait à des boutons cousus sur le corset. Comment la faire tenir désormais ? Pas question de se promener sans culotte. La honte. Le péché d'impudeur. (« Mon Père, je me suis promenée sans culotte ! – Ma fille, pour votre punition, vous direz cinq Pater et cinq Ave. Amen. »)

Effondrée, vous fouillez dans vos bagages et vous y trouvez une trousse de couture, cadeau reçu pour votre première communion. Vous entreprenez de coudre des boutons arrachés à vos autres vêtements – et dépareillés – sur votre chemise bordée de croquet. Tâche difficile pour vos doigts malhabiles...

... brutalement interrompue par le mugissement de la sirène du bateau.

Et la voix du Capitaine :

– Alerte ! Alerte ! Tout le monde aux canots de sauvetage... !

Vite ! vous enfilez votre petite culotte.

Elle retombe sur vos chevilles.

Le beuglement dramatique continue.

Abominable perspective : vivre votre premier naufrage sans culotte, ou pire : vous noyer, le derrière nu ! Tant pis. Dieu vous pardonnera sûrement, dans sa grande miséricorde, de vous présenter à lui le cul à l'air.

Vous grimpez sur le pont. Un spectacle d'apocalypse vous y attend. Tous les passagers sont là, criant et se poussant pour sauter dans les canots de sauvetage. Les hommes en tête, bousculant même femmes et enfants pour grimper les premiers dans les chaloupes. (C'est de ce jour que vous avez perdu toute confiance dans la gent masculine.)

Le Capitaine (hurlant dans son porte-voix) : Du calme, nom de Dieu ! Nous ne sommes pas attaqués par un sous-marin allemand. Nous avons heurté un rocher espagnol. Il y a un trou dans la coque du bateau au-dessus de la ligne de flottaison. Si nous avons la chance de ne pas essuyer de tempête, nous pouvons gagner Casablanca à petite vitesse.

Le Ciel fut clément. Vous êtes arrivée saine et sauve au Maroc.

Sans culotte.

Vous ne l'avez jamais avoué à personne.

Sauf à Petite Chérie à qui vous avez raconté l'histoire. Elle éclata de rire :

– T'es vraiment réac, ma pauvre Maman. Moi, je me balade très souvent sans culotte. Et mes copines aussi. Et plein de bonnes femmes !

Shocking ! Vous croyez que c'est vrai ?

La gastro-entérologue vous ouvre la porte, la dernière tartine de son petit déj à la main, et vous fait entrer directement dans son cabinet. Vous la remerciez avec des larmes dans la voix de recevoir une mourante avec une telle diligence. Elle hoche la tête, remplit rapidement un dossier, vous fait déshabiller – sans avoir l'air de remarquer votre ravissante lingerie – et vient vous tâtouiller l'estomac sur son lit d'examen. Dans un silence sépulcral.

Vous craquez :

– C'est grave ?

– Je ne trouve pas grand-chose..., finit-elle par avouer.

Comment ça, pas grand-chose ? Alors que vous souffrez mort et passion !

Pieuvre Géante (qui vous a accompagnée, vous soufflant à l'oreille) : Quelle idiote, cette gastro-machin-chouette ! Incapable de dépister un énorme ulcère !

Gastro-machin-chouette : Je serais quand même plus tranquille si « nous » faisions une fibroscopie.

Vous (inquiète) : Qu'est-ce que c'est ?

Gastro-machin-chouette : Juste un examen léger à l'aide d'une petite caméra qu'on introduit dans votre estomac au bout d'un tuyau.

Mais quelle horreur !

Vous (courageusement) : Ça ne fait pas mal ?

Gastro-machin-chouette : Pas du tout. Juste un petit peu déplaisant. D'autant plus que je vous fais respirer une bouffée d'anesthésiant au passage.

La bouffée d'anesthésiant ne vous a pas empêchée d'avoir la glotte râpée par l'abominable tuyau se glissant dans votre gorge, ni d'entendre la gastro-entérologue-spécialiste-de-l'estomac papoter gaiement de ses vacances avec son infirmière au lieu de s'inquiéter de votre état. Quant à la fameuse bouffée d'anesthésiant, elle vous a abrutie complètement. Heureusement, Fille Aînée vient gentiment vous rechercher à la clinique avec sa voiture où elle vous porte à moitié sur son dos.

Seule consolation : votre estomac est, paraît-il, dans un état *épatant*.

Mais vous n'en avez pas fini avec votre plomberie interne.

La douleur se déplace vers vos tripes qui vous donnent l'impression de se tordre comme des serpents coupés en morceaux. Vous allez consulter un autre gastro-entérologue-spécialiste-des-intestins. Il vous tâtouille à son tour. Lui non plus « ne trouve pas grand-chose ». Prend un air gêné pour vous confesser cela. Un médecin qui ne découvre pas sur-le-champ le cancer de son patient se sent coupable.

Gastro-entérologue-spécialiste-des-intestins : Je serais quand même plus tranquille si « nous » faisions une radiographie colique barytée.

20

Vous (méfiante) : C'est quoi ?

Gastro-entérologue-spécialiste-des-intestins :
Oh ! rien du tout, je vous rassure tout de suite. Une
simple radio avec un lavement à la baryte.

Vous découvrez trop tard que la baryte est un
liquide blanc d'un goût infect que vous devez avaler jusqu'à ce que votre petit ventre ballonné
menace d'éclater.

Réconfort : vous avez, vous murmure gaiement
le gastro-entérologue-spécialiste-des-intestins, des
tripes de jeune fille. *Epatantes.*

Une copine vous conseille de faire contrôler
votre vésicule biliaire. On ne pense pas assez à sa
vésicule biliaire, assure-t-elle. Va pour une radio
après avoir, cette fois-ci, avalé de l'iode. Pouah !
Vésicule biliaire *épatante*.

Pendant que vous y êtes – d'autant plus que vous
souffrez toujours – vous finissez par une écho-
graphie du foie. Le gastro-entérologue-spécialiste-
du-foie appuie de toutes ses forces un appareil en
forme de poire sur votre ventre. Vous éclatez en
sanglots.

Gastro-entérologue-spécialiste-du-foie (affolé) :
Je vous fais mal ?

Vous : Non ! Mais cela me rappelle le temps où
j'étais enceinte. Je regrette tellement de ne pas
avoir eu un bébé de plus.

Gastro-entérologue-spécialiste-du-foie (qui s'en
fout) : En attendant, votre foie est *épatant*. On en
mangerait !

Quant aux diverses analyses, l'infirmière du laboratoire – qui vous connaît bien – n'en revient pas. « Ben, dites donc, y en a des tartines ! Même des examens que nous ne faisons pas ici et que nous allons être obligés d'envoyer à un autre labo hyper-sophistiqué... Qu'est-ce que vous avez, sans indiscrétion ? »

Nada. Les résultats de toutes vos analyses sont bien sûr, eux aussi, *épatants*.

Paraît-il.

Parce que leur lecture, même avec l'aide de votre Larousse Médical, est incompréhensible au profane. Vous avez déjà remarqué que le jargon médical des dictionnaires pour expliquer le jargon médical des médecins est encore plus nébuleux. Les grands prêtres thérapeutes détestent que leurs patients puissent comprendre ce qu'ils ont. C'est leur petit secret. Et la base de leur pouvoir.

En ce qui vous concerne, c'est simple : vous êtes une malade qui n'avez rien.

CHAPITRE 2

Pourtant vous allez de plus en plus mal.

Tellement fatiguée que, non seulement vous ne vous lavez pas les cheveux, mais les dents non plus. (Dans votre hébétude, il vous arrive de tartiner votre brosse à ratiches avec la crème à raser de l'Homme.)

Vous traînez toute la journée dans votre appartement, vêtue d'une vieille robe de chambre râpée et de grosses chaussettes de ski trouées. Incapable de travailler. C'est la première fois que cela vous arrive. Votre vie professionnelle est-elle finie ? Incapable aussi de vous habiller (vous apprendrez plus tard que vous n'êtes pas un cas unique. Goethe connaissait un Anglais qui s'était pendu parce qu'il n'avait pas le courage d'enfiler ses vêtements le matin). Incapable de lire le moindre bouquin. Vous vous contentez de parcourir le début et la fin et de jeter le tout. De regarder un film à la télévision (même s'il passe pour la première fois et non la cinquante-troisième : cas des de Funès). De ranger le moindre papier. Votre bureau ressemble à un dépotoir de vieilles archives. D'ouvrir votre courrier qui s'accumule. Pire, de payer vos impôts à l'heure – dix pour cent d'amende. Explication orageuse avec votre mari.

Incapable même de faire l'amour. Cela non plus ne vous est jamais arrivé. Votre vie de femme est-elle finie ? Heureusement, l'Homme plongé dans ses histoires de pommiers ne remarque rien.

Incapable de sortir dans la rue. A plusieurs reprises, vous avez rassemblé toutes vos forces pour aller acheter des allumettes. Une subite crise d'angoisse vous a saisie au moment de traverser le boulevard. Vous êtes restée paralysée, bloquée, pétrifiée au bord du trottoir. Comme une Cro-Magnonne devant une horde de rhinocéros laineux. Vous êtes rentrée en pleurant. (Dieu merci, la pharmacie où vous achetez des tonnes de Kleenex est en dessous de chez vous. Sinon, vous seriez obligée de découper vos draps en mouchoirs.)

Vous envoyez Maria, votre chère femme de ménage philippine, faire le marché. Ce qui aggrave lourdement votre piètre opinion de vous-même. Voilà ce que vous êtes : une bonne à rien, une loque, une zombie qui reste là à ne rien foutre tandis que la pauvre Maria s'agite comme une folle...

... et vous rapporte de l'épicerie des couffins entiers de tablettes de chocolat au lait et aux noisettes.

Car, non seulement vous êtes devenue apathique, mais aussi boulimique de chocolat.

Au début, vous ne vous êtes pas inquiétée.

D'autant plus que votre copine Nadine, une folle de vitamines, vous avait encouragée :

– Tu manques de magnésium comme quatre-vingt-quinze pour cent des femmes, c'est tout. Le chocolat en est plein. Et c'est meilleur que d'avaler des comprimés, non ?

Tellement meilleur que d'une tablette par jour vous êtes passée à deux, puis à trois.

Au commencement, vous avez tenté de lutter contre votre fringale :

– Non ! Je n'irai pas à la cuisine croquer un petit carré...

Et puis, vous l'avez entendu vous appeler. Parfaitement. Le chocolat vous appelait du placard où vous l'aviez planqué derrière les petits pois.

– Hou ! Viens me manger !

– Non !

– Oh ! Juste un petit bout... Tu verras, cela te fera du bien... !

– Non et non !

Mais, las ! sans savoir comment, vous vous retrouviez devant le placard de la cuisine en train d'engouffrer goulûment une plaquette entière dans votre bouche.

Un soir, à minuit, découvrant que vous aviez dévoré la ration du jour et du lendemain, et torturée par une voracité diabolique, vous avez couru, en robe de chambre (râpée), chaussettes de ski trouées et pantoufles déchiquetées par le chat chez l'épicier arabe du coin de la rue. Le dévaliser de son stock de tablettes de Nestlé. Il n'a pas eu l'air surpris. Peut-être le quartier est-il plein de drogués en manque de chocolat ?

Il y a plus grave.

A la tombée de la nuit, Pieuvre Géante – jusque-là un peu engourdie – se réveille et resserre son étreinte autour de votre plexus. Vous suffoquez la bouche ouverte comme une carpe sortie de l'eau. Angoisse intolérable.

Un seul remède : le vin rouge.

Vous buvez cul sec un verre de côtes-du-rhône. Puis un deuxième. Pourquoi pas un troisième ?

Ouf ! Cela va mieux.

Surtout avec le quatrième.

Bon, d'accord, vous êtes en train de devenir une alcoolique.

Tant pis. Tout plutôt que ces puits noirs de panique sans fond où vous tombez... AAAaaahhh !...

Par une fin d'après-midi, vous êtes étendue, un peu ivre, sur votre canapé, quand le téléphone sonne.

L'Homme (voix joyeuse) : Allô ? C'est toi ? J'ai planté aujourd'hui quarante-sept pommiers de reinettes du Canada, et Florence est ravie de son travail.

Vous (chuchotement désespéré) : Quelle Florence ?

26

L'Homme : Comment ça, quelle Florence ? Mais notre copine, la photographe. Elle fait un reportage sur la Normandie et je l'ai invitée à la maison comme port d'attache.

Vous (murmure d'une agonisante) : Ah bon !

L'Homme (surpris) : Ben, qu'est-ce que tu as ?

Vous (plainte d'outre-tombe) : Je ne sais pas... je ne me sens pas bien du tout... très mal foutue... les médecins ne trouvent pas ce que j'ai...

L'Homme (voix de chef de famille) : Va immédiatement à l'Hôpital Américain te faire faire un check-up complet.

Vous bredouillez un son qui ressemble à un oui. Mais vous savez que vous êtes bien trop lasse pour faire l'effort de téléphoner à l'hôpital et d'aller au rendez-vous.

Votre Seigneur et Maître a non seulement horreur que vous soyez malade, mais surtout que vous le soyez plus que lui.

L'Homme (brusquement plaintif) : Moi non plus, je ne vais pas bien.

Vous (qui savez de quoi il s'agit mais feignant d'être inquiète) : Qu'est-ce que tu as, toi ?

L'Homme : Mal à ma blessure.

Votre époux, héros à dix-huit ans de la guerre et de la Résistance, a eu le ventre déchiré par le recul d'un canon. Blessure sacrée devant laquelle vos petits malheurs de bonne femme ne sont que broutilles.

Vous : C'est de planter tous ces pommiers... En rentrant à Paris, tu devrais aller voir un chirurgien.

27

L'Homme (avec emphase) : Pas le temps... trop de choses à faire... crèverai comme ça...

Vous êtes trop épuisée pour lui faire remarquer que depuis cinquante ans, c'est inouï qu'il n'ait pas trouvé une heure pour aller consulter un médecin.

Et que c'est vous – dans l'état où vous êtes – qui allez crever la première.

Il y a des moments où vous vous sentez tellement mal dans votre peau que vous le souhaitez presque.

Par exemple, vous ne supportez plus le moindre bruit.

Comme les aboiements incessants du petit teckel de votre voisine du dessous qui s'emmerde (le teckel, pas la voisine) lorsque sa maîtresse s'absente. Vous méditez de l'endormir pendant la journée (toujours le teckel) en lui jetant de balcon à balcon un morceau de viande trempé dans un puissant somnifère. Seule la crainte d'être dénoncée à Brigitte Bardot par la vieille dame d'en face qui ne cesse de vous surveiller derrière son rideau et d'avoir une manif des Amis des Animaux devant votre immeuble vous retient.

Le clic-clac nerveux des talons aiguilles sur le parquet de votre voisine du dessus vous exaspère. Vous lui avez fait demander le plus poliment du monde par votre chère concierge de bien vouloir mettre des pantoufles quand elle tricote des papattes au-dessus de votre tête. Ou de poser de la moquette. Vous étiez même prête à la payer, cette moquette. (Enfin, une partie.) La dame vous a fait répondre sèchement qu'elle était allergique aux charentaises et à la moquette. Vlan! Depuis, vous ne vous saluez plus dans l'ascenseur.

Dans le fond de la cour, une adolescente donne des soirées « techno-soft » tous les mois. Vous n'osez pas vous plaindre car elle glisse sous votre porte un petit mot d'excuses très gentil. Mais à trois heures du matin, vous envisagez haineusement d'aller dormir dans votre voiture au quatrième sous-sol du parking sinistrement silencieux.

Vous rendent folle les sirènes d'alarme des voitures dans la rue qui se déclenchent au moindre pissou d'oiseau. Vous avez envisagé très sérieusement de payer un vrai voleur pour vous débarrasser de ces véhicules sonores (« Allô, SOS Cambrioleurs? Pourriez-vous venir d'urgence piquer une Opel bleue particulièrement bruyante au 22, rue Pomponnet. Merci... »).

Vous tenez à signaler, également, la maison Darty qui avait élucubré une publicité à la télévision où retentissait une sonnerie de téléphone tellement forte que chaque fois vous sursautiez et couriez décrocher votre propre appareil. Vous étiez sur le point d'envoyer une lettre d'insulte à la maison Darty quand elle a brutalement arrêté sa pub. Avait dû recevoir des milliers de plaintes.

Mais ce qui vous rend carrément hystérique, ce sont les mariages tapageurs à l'église d'en face, avec voitures klaxonnant inlassablement ti-ti ta-ta-ta... ti-ti ta-ta-ta... Comme si le fait parfaitement banal qu'un jeune couple allait s'envoyer en l'air le soir – si ce n'était déjà fait depuis longtemps – méritait un tel raffut.

Un après-midi, au dixième passage du cortège des bagnoles ti-ti ta-ta-ta... ti-ti ta-ta-ta..., vous avez craqué. Attrapé la boîte d'œufs dans le frigo. Et, planquée derrière les lauriers en plastique de votre balcon, balancé des œufs sur les véhicules arborant un nœud de tulle blanc. SPLASH! SPLASH! Les ti-ti- ta-ta-ta... se sont arrêtés, le cortège aussi. Les conducteurs, descendus de leurs véhicules, vous ont aperçue derrière vos lauriers en plastique et insultée en tendant le poing. Vous avez répondu par un bras d'honneur. Vos voisins sont apparus à leur fenêtre et ont pris votre parti : « Elle a raison, la petite dame, y en a marre de ces mariages assourdissants... on va appeler la police et mettre votre mariée en prison pour sa nuit de noces... qu'est-ce qu'on rigolera... etc. »

Le cortège est reparti sans klaxonner.

Depuis, vous avez toujours une réserve de vieux œufs dans votre frigo.

Vous avez bien essayé de vivre avec des boules Quiès enfoncées dans vos oreilles jusqu'aux tympans. Du coup, vous n'entendiez plus rien. Ni la sonnerie de votre propre téléphone. Ni celle de la porte d'entrée. Ni la télévision. Ni votre concerto préféré de Schubert. Ni l'appel de votre concierge glissant le courrier sous la porte. Ni le joyeux babil de vos filles, occupées à bourrer votre machine à laver de leur éternel linge sale. Silence radio. Rien. Vous avez découvert que ce n'est pas gai non plus d'être sourde.

Mais il y a bien pire que l'allergie au bruit.
C'est l'INSOMNIE.
Et sa compagne Sœur Anxiété.

A peine êtes-vous couchée, la nuit, que Sœur Anxiété vient s'asseoir sur le bord de votre lit et engage la conversation.

Sœur Anxiété : Y a plus de beurre. Tu as oublié d'en faire acheter par Maria pour le petit déj demain matin.

Vous : Zut! Tant pis. On mangera du miel.

Sœur Anxiété : Et l'électricien? Tu as téléphoné à l'électricien pour changer la prise du salon?

Vous : Merde! Ça m'est aussi sorti de la tête.

Sœur Anxiété : Ce n'est vraiment pas la peine d'écrire tous les matins la liste des choses que tu dois faire dans la journée!

Vous : Tu sais bien qu'ensuite je ne pense jamais à la relire! Ou que je la perds.

Sœur Anxiété : Tu es vraiment une très mauvaise maîtresse de maison... la pire que j'aie jamais connue!

Vous (accablée par le sentiment de votre nullité) : C'est vrai! Je suis en dessous de zéro!

L'Homme (revenu à Paris entre deux plantations de pommiers et qui lit tranquillement à côté de vous sans se douter des drames qui vous agitent) : Cet album sur la pomme Golden ne présente aucun intérêt. (Il le jette rageusement par terre.) Bon, je vais dormir. Bonsoir, ma belle Dame.

Il se tourne avec un saut de baleine qui secoue tout le lit. Eteint sa petite lampe.

Vous (tendrement) : Bonsoir, mon beau Monsieur. Cela ne t'ennuie pas si je continue à bouquiner : je n'ai pas sommeil.

L'Homme (gentil) : Tu peux lire tant que tu veux : la lumière ne me dérange pas.

Il se met à ronfler à en réveiller les voisins (qui se sont déjà plaints à la concierge que vous faisiez marcher « une drôle de machine », la nuit).

Dix minutes se passent.

Sœur Anxiété : Tu ne trouves pas que ce roman que tu feuillettes vaguement est emmerdant et mal écrit ?

Vous : C'est vrai. Mais il ne me reste plus rien à lire dans la maison que le Larousse de la Cuisine et ça me donne faim...

L'Homme (se réveillant brusquement et poussant le gémissement de la hyène le soir au fond des oueds) : ... Tu vas bouquiner encore longtemps ?

Vous (honteuse de déranger votre Travailleur en Chef qui bosse si dur pour nourrir sa famille – vous aussi mais cela ne compte pas : vous n'êtes qu'une femme !) : J'éteins ! J'éteins !

32

Obscurité.

Sœur Anxiété (chuchotant dans le noir) : Cela fait longtemps que Petite Chérie n'a pas téléphoné...

Pieuvre Géante (se réveillant à son tour et vous étouffant dans ses tentacules) : Elle est peut-être malade ?

Vous : Non. Au contraire. Elle doit s'amuser. Quand elle fait la fête, elle n'appelle pas. Quand elle a un souci, elle téléphone trois fois par jour. Fille Aînée aussi. C'est ça, les enfants.

Sœur Anxiété : Tu es sûre qu'elles n'ont pas de graves problèmes ?

Vous : Les mauvaises nouvelles, on les sait tout de suite. Ah ! Et puis lâche-moi les baskets avec tes idées noires et laisse-moi compter mes moutons.

Sœur Anxiété : Tu sais bien que cela ne te fait rien sinon t'énerver. Hier soir, tu as compté jusqu'à un million deux cent quarante-trois mille neuf cent soixante-cinq brebis et tu étais agitée comme une puce.

Vous : J'en ai marre. Je vais prendre un truc pour dormir.

Pieuvre Géante (son gros ventre pesant sur votre estomac comme un sac de plomb) : Il ne reste plus un seul comprimé dans la maison.

Vous : Si. Peut-être une gélule dissimulée en tapinois dans le vieux sucrier du vaisselier. Sinon, je vais braquer une pharmacie comme ce type à Strasbourg qui, revolver au poing, a exigé au milieu de la nuit un puissant somnifère... Devait avoir une insomnie d'enfer !

Sœur Anxiété : Et ça te fait rire ! De toute façon, c'est très mauvais de prendre des hypnotiques. Tu vas te réveiller vaseuse demain et tu te traîneras comme un fantôme aboulique.

Vous : Je m'en fous. Cela vaut mieux que d'étrangler le type avec qui je suis mariée et qui ronfle à côté de moi... ! Salaud !

Une autre nuit. Votre ronfleur bien-aimé n'est pas là. Reparti planter des Granny Smith. Mais vous n'êtes pas seule. Sœur Anxiété et Pieuvre Géante vous tiennent obstinément compagnie.

Sœur Anxiété : Et si tu n'avais pas le cancer mais le Sida ? On dit que ça fatigue énormément.

Vous : Et comment j'aurais attrapé le Sida ? Je suis la femme la plus fidèle de France depuis trente-deux ans !

Pieuvre Géante (vous étranglant de toute la force de ses huit tentacules) : Qui te prouve que ton mari, LUI, n'a pas couché avec une salope qui lui aurait filé le virus qu'il t'aurait repassé à son tour ?

Sœur Anxiété : Cette Florence, par exemple. Qu'est-ce qu'elle fait seule à la campagne avec lui ?

Vous : Bah ! C'est sa vieille copine depuis trente-cinq ans, un sac d'os tout ridé, qui ne pense qu'à ses photos !

Sœur Anxiété : Mais, il y a trente-cinq ans, est-ce qu'ils n'ont pas baisé ensemble ?

34

Vous (commençant à être stressée) : Ben... oui, je crois... Mais c'était avant qu'on se rencontre, mon Homme et moi.

Pieuvre Géante : N'empêche qu'il reste toujours une certaine complicité...

Sœur Anxiété : Et puis, les revenez-y, en amour, ça existe, pauvre cloche...!

Pieuvre Géante : Sans compter que son histoire de pommiers à ton mec, c'est du bidon!

Sœur Anxiété et Pieuvre Géante (criant ensemble) : Il te trompe!

Vous (suffoquant, hurlant, vous débattant) : Non! Non! Au secours!

Le voisin (réveillé en sursaut) : Qui est-ce qui crie comme cela?

La voisine : La bonne femme d'à côté battue par son mari! Appelle les flics!

Le voisin : Oh! là! là! non! Moi, je ne veux pas me mêler de ça...

Le lendemain, vous vous réveillez abrutie par le comprimé de Mogadon que vous avez enfin retrouvé dans la doublure de votre sac et que vous avez avalé (le Mogadon, pas votre sac) avec une demi-bouteille de vin rouge. Oui, vous le savez, ce n'est pas bien de mélanger somnifère et alcool, mais tout et n'importe quoi pour tomber endormie comme une masse et ne pas imaginer Florence, la Grande Salope, dans les bras de l'Homme-de-votre-vie.

35

Vous trouvez néanmoins un coin de lucidité dans votre pauvre tête pour réclamer un rendez-vous urgent à votre cher gynécologue. Peut-être s'intéressera-t-il à vous et à votre Sida? Ce qui n'est pas sûr car il ne se passionne vraiment que pour ses jeunes patientes enceintes. Sa folie, c'est de mettre des bébés au monde. Vous, vous n'êtes qu'une dame d'âge mûr dont il surveille poliment l'éventualité d'un cancer du sein.

Gynéco a l'air surpris de vous voir.
– Tiens? Il me semblait que vous étiez déjà venue, il y a quelques semaines...
Vous éclatez en sanglots (vous n'avez jamais autant pleuré de votre vie entière) et vous balbutiez des mots incohérents :
– Fatigue épouvantable... Pieuvre Géante... Cancer... Grande Salope... Sida...!
Effaré, Gynéco se lève et vient vous tapoter l'épaule.
– Allons, allons, calmez-vous! Là! Je suis sûr que vous n'avez rien de grave. Notre dernière mammographie et notre frottis tout récent étaient *épatants*...
Rien ne vous énerve plus que les médecins qui parlent avec désinvolture de « notre » mammographie et de « notre » frottis. Alors que ce n'est pas eux qui se sont fait pincer cruellement et aplatir les seins comme des escalopes de veau ou écarteler l'intimité avec l'instrument de torture appelé spéculum.

Mais, pour l'instant, vous êtes trop bouleversée pour émettre la moindre aigre remarque. Vous dévidez tout ce que vous avez sur le cœur : votre fatigue, vos étouffements, votre angoisse, vos spasmes dans le ventre, vos insomnies, vos boulimies, votre alcoolisme, votre dégoût de la vie, etc., etc. Et maintenant le Sida !

Gynéco : Non. En ce qui concerne le Sida, je peux vous rassurer tout de suite. Vos récentes analyses HIV étaient négatives.

Il prend un air soucieux et se gratte le nez.

Vous (affolée) : Enfin j'ai QUOI, docteur ? Je vous en prie, dites-moi la vérité !

Gynéco : Je ne suis pas un spécialiste, mais je ne pense pas me tromper. Je crois que vous nous faites tout simplement une jolie petite dépression nerveuse.

Allons bon ! Vous êtes folle...

CHAPITRE 3

La dépression nerveuse est une maladie qui n'existe pas dans votre famille.

La folie, oui.

Elle a même sévi chez vos ancêtres. Votre arrière-grand-oncle s'est jeté dans un puits, persuadé que l'Administration Française voulait l'empoisonner (ce qui était peut-être vrai après tout : la vie vous a appris que l'Administration Française était capable du pire). Une de vos tantes a vécu dans un lit recouvert de ouate et hissé par des cordes au plafond. Le jour où sa femme de chambre qui la nourrissait là-haut, grimpée sur une échelle, est morte, elle alla se noyer dans une petite rivière qui bordait le parc. Un de vos grands-pères s'est tué de deux (DEUX) balles de pistolet dans la tête après avoir perdu au jeu son cheval préféré. La sœur aînée de votre mère a passé dix ans allongée, prétextant que des souffrances utérines terribles l'empêchaient de marcher. Jusqu'au jour où elle s'est levée, droite comme le Commandeur, et a couru en Argentine où son fils cadet bien-aimé s'était installé. Elle a galopé à cheval dans la pampa jusqu'à sa mort et pourri la vie de sa bru argentine qu'elle détestait.

Vous avez donc une lourde hérédité côté folie. Mais rien du côté dépression nerveuse puisque « ça » n'existe pas. CQFD. Il s'agit tout bêtement d'un petit accès de faiblesse physique ou mentale qui se soigne à coups d'injonctions diverses :

.... « Prends sur toi ! »

.... « Réagis, bon sang ! »

.... « Cesse de t'écouter ! »

.... « Un peu de courage, allons ! »

.... « Tu n'as pas honte de te plaindre alors que t'as-tout-pour-être-heureuse ! »...

.... « Pense qu'il y a plus malchanceux que toi ! »

.... « La dépression, c'est un luxe de bourgeoise ! »...

Hélas, trois fois hélas, l'Homme a été élevé dans le même principe. Pas question de lui avouer que vous êtes frappée de ce mal honteux (pire que la syphilis), révélateur à ses yeux d'une mollesse de caractère qui vous attirerait son mépris. Il n'aurait qu'un seul commentaire :

– Qu'est-ce que c'est que cette connerie ? SECOUE-TOI, c'est tout. Est-ce que j'ai une dépression nerveuse, moi, avec tous les soucis que j'ai ?

Difficulté : Vous n'avez pas une miette de courage pour vous secouer.

40

Solution : Voir un psychiatre. En cachette de l'Homme. Ça vous embête. Toujours les bons vieux principes : « C'est très vilain de mentir ». Ah ! quelle galère de se débarrasser d'une soi-disant bonne éducation. Enfin, tant pis ! Votre santé, votre vie sont en jeu.

Problème : Comment ça se trouve, un **bon psy**?

Par les copines, bien sûr !

Première surprise : une bonne partie de vos amies (et de vos six petites sœurs nées du deuxième mariage de votre père) que vous teniez pour des femmes modernes libérées sont contre le fait que vous alliez voir « un médecin de l'âme ». Vous voilà submergée des remarques que vous connaissez bien :

.... « **La déprime, ça n'existe pas !** » (Alors qu'est-ce que j'ai?)

.... « **Prends sur toi !** » (Peux pas !)

.... « **Réagis, bon sang !** » (A quoi?)

.... « **Cesse de t'écouter !** » (Mais alors, écouter qui?)

.... « **Un peu de courage, allons !** » (Où pouvez-vous en acheter?)

.... « **Secoue-toi !** » (Vous n'êtes pas un prunier !)

.... « **Tu n'as pas honte de te plaindre**

alors que t'as-tout-pour-être-heureuse! » (Si, vous avez honte.)

.... « **Pense qu'il y a plus malchanceux que toi!** » (Oui, vous y pensez tous les jours : aux Rwandais affamés, aux Tutsis aux jambes sciées, aux femmes bosniaques violées, aux enfants colombiens abandonnés dans la rue, aux bébés haïtiens jetés dans les poubelles, aux petites filles chinoises étouffées à la naissance, aux adolescentes thaïlandaises prostituées, aux femmes algériennes égorgées, etc. Mais, curieusement, cela ne vous aide pas. Au contraire. Cela vous enfonce dans votre déprime.)

.... « **La dépression, c'est un luxe de bourgeoise!** » (Alors, pourquoi tant de paysans prennent-ils des somnifères et se pendent-ils dans leur grenier?)

.... « **Une déprime, ça se traite par le mépris!** » (Le mépris de qui?)

Deuxième surprise : toutes ces jeunes femmes ont visiblement fait des études de médecine et vous abrutissent de conseils divers :

1re copine : Tu es simplement surmenée avec la vie dingue que tu mènes. Prends dix jours de vacances aux îles Maldives à dormir et à te baigner.

Vous (voix mourante) : Je ne sais pas si j'aurais même le courage d'enfiler un maillot de bain.

42

1re copine : Tu te fous de moi ? On a toujours le courage d'enfiler un maillot de bain. Sinon, baigne-toi à poil.

Vous : Les Maldiviens sont musulmans ; ils vont me lapider.

1re copine : Eh bien, va à Arcachon ! Tu verras, tu reviendras en super-forme, tes idées noires envolées...

2e copine : Ne va surtout pas aux Maldives ni à Arcachon. Tu ne feras que transporter ta déprime avec toi et tu dépenseras deux briques à pleurer derrière un palmier. Non. Tu te bourres simplement de vitamines A, B1, B6, B12, C, D2, E, PP, de poudre de coquilles d'huîtres, de ginseng de Hongkong. Pendant deux mois. Après tu péteras le feu...

3e copine : Tu n'es pas si déprimée que ça ! L'autre soir, au dîner chez les Grimblaton, tu rigolais comme une chèvre ! On n'entendait que toi...

4e copine : Rien de mieux que le sport pour vous guérir d'un coup de blues. Je parie que tu ne fais jamais de sport ?

Vous : Ben... si ! A la campagne, tous les weekends, je marche une heure ou deux avec les chiens.

4e copine (avec dédain) : Ce n'est pas du sport, ça ! Juste des promenades de mémère. Va nager en piscine trois fois par semaine.

Vous : J'ai horreur des piscines publiques. L'impression que tout le monde fait pipi dedans.

4ᵉ copine : Alors skie!

Vous : Je ne sais pas skier.

4ᵉ copine (stupéfaite) : Comment ça? Tout le monde sait skier!

Vous : Pas moi. Quand j'étais enfant, mes grands-parents ne m'envoyaient pas en montagne, l'hiver. On ne gâtait pas les mômes comme maintenant. Plus tard, au Maroc, ma mère a loué une année un chalet dans l'Atlas. Les hyènes venaient fouiller dans les poubelles la nuit, en poussant des cris de bébé égorgé. Ça m'a dégoûtée de la montagne.

4ᵉ copine : C'est vrai que tu es bizarre. Finalement, tu as peut-être raison d'aller voir un psy.

5ᵉ copine : Change-toi les idées, sors, vois du monde, joue au bridge.

Vous : Je déteste le bridge, les jeux de cartes, le Scrabble, et jouer en général.

5ᵉ copine : Tu fais quoi alors quand tu ne travailles pas?

Vous : Je lis. Plus je vieillis, plus j'aime lire.

5ᵉ copine : Et quand, à force de lire, tu auras perdu la vue, qu'est-ce que tu feras? Moi, je te le dis : tu seras bien contente de jouer au bridge!

6ᵉ copine (tendance bouddhiste) : C'est ton karma qui souffre. Je crois beaucoup à la métempsycose. Tu as été quoi dans tes vies antérieures? Princesse? Tigresse? Nonne? Courtisane?

Vous : Dame-pipi.

6ᵉ copine : Hein ?

Vous (rigolant) : Tu n'as jamais remarqué ? Les gens imaginent toujours qu'ils ont été Cléopâtre ou la Papesse Jeanne dans leurs existences passées. Jamais dame-pipi.

6ᵉ copine (courroucée bien que bouddhiste) : C'est impossible de parler sérieusement avec toi.

Elle raccroche.

7ᵉ copine : La déprime, c'est la dernière maladie à la mode. Moi, je crois aux biorythmes. Tu sais ce que c'est ?

Oh oui, vous savez !

Il y a quelques années, vous avez même acheté un petit appareil génial pour calculer vos jours de chance, vos périodes de bonne santé, vos dates favorables pour voyager, etc.

Un samedi, horreur, tous les voyants rouges se sont allumés. Malchance, maladie, accident vous pendaient au nez. Vous décidez de rester la journée entière blottie dans votre lit avec des journaux, des livres et la télévision. Ainsi, rien ne pourrait vous arriver.

Les heures se déroulaient délicieusement calmes quand le téléphone sonna. Un copain vous invitait à déjeuner la semaine suivante. Avec plaisir, mais vous deviez vérifier dans votre agenda vos jours libres. Vous vous arrachez de dessous votre couette, vous courez vers votre bureau...

... et, au passage, vous heurtez violemment du pied droit la chaise au pied de votre lit.

Douleur violente. Impossible de reposer votre patte par terre. Le petit doigt gonfle et devient violet. Vous téléphonez à l'Homme de vous emmener d'urgence faire une radio à l'hôpital.

Votre petit doigt du pied droit était cassé.

Terrorisée par le diabolique appareil à calculer vos biorythmes et prévoir vos accidents, vous l'avez jeté!... Vous ne voulez pas connaître à l'avance vos malheurs. Vous combattez désormais la malchance avec un trèfle à quatre feuilles dans votre portefeuille, une patte de lapin dans la poche gauche de votre robe de chambre, un gri-gri sénégalais autour de la taille (et alors? le célèbre et courageux aviateur Guynemer portait toujours sur lui une cigogne en peluche). Ou bien, vous touchez du bois – très fréquemment. Si vous n'avez pas de bois à portée de la main (le plastique envahit tout), vous tapotez votre front, partant du principe que le front d'une Béarnaise obstinée est aussi dur que du chêne.

8ᵉ **copine** (joyeuse) : Prends un amant!

Vous : Mais j'aime mon bonhomme!

8ᵉ **copine** : Et alors? Tu te le gardes, ton cher mari, puisque tu y tiens. Mais cela ne t'empêche pas d'avoir un amoureux. (Enthousiaste) : Ça donne un coup de fouet à la libido, un élan de jeunesse, une explosion de joie de vivre. Crois-moi.

Vous (ébranlée) : Mais ça se trouve où, un amant? Aux Galeries Farfouillettes? En location chez Hertz? Aux Puces, le dimanche?

8ᵉ copine : Mais partout! Dans l'autobus, dans les expositions de peinture, dans les petites annonces. (Hystérique) : Partout, ça grouille de mecs. Le tout c'est d'en attraper un.

Vous (soupirant) : Bof! Rien que l'idée de m'habituer à un deuxième mâle me fatigue.

8ᵉ copine : Oh! là! là! Tu vas en effet très mal.

Votre sœur Arielle (ton sec) : Bricole! Aucun stress ne résiste à une heure de travail manuel.

La garce sait très bien que vous n'êtes pas capable de planter un clou sans vous écraser le doigt.

Votre sœur Clara (mielleuse) : Tu veux voir un prêtre? Ce dont tu as besoin, c'est d'une bonne confession. Et ça ne te coûtera pas un sou.

Votre cousine Adèle (que son mari a abandonnée avec cinq enfants) : Parle-moi d'une belle fracture ouverte du tibia, d'une fièvre de quarante et un degrés avec délire, d'un kyste gros comme un pamplemousse, là, je te plaindrai. Mais ta dépression nerveuse, je n'y crois pas. Un truc réservé aux femmes qui ont le temps de s'écouter. Adopte douze bébés comme Mia Farrow et tu n'auras plus une seconde pour pleurnicher sur ton sort.

Vous : Je veux bien si Mia Farrow me file tout le fric qu'elle arrache à ce pauvre Woody Allen.

Votre cousine Adèle : Tu as une infecte mentalité.

Vous : Et toi, t'es une conne !

Brouille à vie avec cousine Adèle.

9e copine : Moi, je connais un truc génial contre le stress. Chanter ! Sans s'arrêter ! A tue-tête comme un pinson déchaîné ! On respire à fond. On se détend. Tu verras : ça fait un bien fou.

Vous : Mais je ne connais que trois chansons : *Au clair de la lune... Etoile des neiges...* et *La Marseillaise.* Je vais devenir dingue à les beugler toute la journée.

Autres copines (en vrac) : Il n'y a que l'acupuncture de vrai... la qigong, ou yoga chinois... la respiration japonaise... la relaxation hindoue... la méditation transcendantale (qui vous énerve prodigieusement au bout de trente secondes)... la cure de foie de veau (contient du fer)... la biodanse en groupe (vous croyez comprendre qu'il s'agit d'une sorte de bourrée auvergnate : vous préférez le tango)... repeindre votre chambre en bleu pastel ou en vert (c'est ça ! pour avoir le teint glauque ou la sensation d'être redevenue bébé)... ne plus manger de sucre du tout : le sucre est un poison (tant pis, vous mourrez empoisonnée au chocolat)... jouer aux échecs (vous avez essayé. Sans succès. Vous n'êtes pas assez intelligente)... rouler deux cent cinquante kilomètres à vélo par semaine avec Michel Drucker (et vous effrondrer d'une crise cardiaque comme Goscinny)... partir en vacances dans le désert comme l'éditeur Bernard Fixot ou le restaurateur Guy Savoy (vous avez déjà essayé. Résultat : un divorce au retour. Ça suffit)... etc., etc.

Mais la personne la plus véhémente contre les psys est, à votre immense surprise, **Fille Aînée**.
– Ah non ! Tu ne vas pas te mettre entre les pattes d'un de ces charlatans ! Tu ne t'en sortiras jamais. Le seul remède : penser aux autres. Cela te fera un bien fou de penser aux autres (sous-entendu : tu n'as jamais pensé qu'à toi). Maintenant que tu vieillis (merci, ma chérie), il faut donner à ceux qui en ont besoin de la chaleur humaine. Lance-toi dans le bénévolat.
Vous : Tu as raison. Je voudrais bien. Mais quand ? Je t'assure qu'entre mon travail, ton père, l'appartement à Paris, la maison à la campagne – surtout qu'avec les pommiers qu'il vient de planter, je dois prévoir des heures et des heures d'arrosage –, Petite Chérie, les copines, les chiens, le chat, je cours toute la journée. Sans oublier tes enfants !
Fille Aînée (ton amer) : Oh ! On ne peut pas dire que tu t'en occupes tellement de mes enfants.
Et vlan !
On y était à l'explication orageuse mère/fille que vous sentiez venir depuis des semaines. Fille Aînée adorée allait profiter de votre désarroi pour vous faire une scène. Suivant le principe cher à Sacha Guitry à qui l'on disait : « Il ne faut pas piétiner son ennemi quand il est à terre » et qui répondait : « Oui, mais alors quand ? »

Vous (tentant de vous défendre) : Je te ferai remarquer que tes enfants sont toujours occupés quand je veux les prendre. Je n'ai jamais vu des mômes avec un emploi du temps aussi chargé. Pire que celui du Président de la République. Entre la poterie, le dessin, le piano, le base-ball, le tennis, l'aïkido, la danse, le théâtre et même le golf !, les goûters avec les petits copains, et je ne sais quoi encore, c'est fou, ils n'ont jamais une minute de libre.

Fille Aînée : Et les vacances ? Hein ? Tu pourrais les emmener à la campagne !

Vous : C'est ce que j'ai fait pendant des années avec les deux aînés, généralement accompagnés de leur copain préféré. J'ai trimbalé des colonies de petits mecs comme une brave chef-scout. Ce n'est pas ma faute s'ils ne sont jamais revenus depuis le jour où ils m'ont dit : « Mamie, on s'embête chez toi : y a pas de filles dans la région ! »...

Fille Aînée : Et les deux petits ? Je te signale que tu n'as jamais emmené les deux petits !

Vous : Tu sais très bien qu'avec l'énorme piscine-réservoir que ton père a fait construire, tant qu'ils ne savent pas nager j'ai peur de prendre les enfants... sans leurs parents. Et comme tu ne viens jamais ou presque à la Palomière...

Fille Aînée (sentant le terrain devenir glissant sous ses pieds et attaquant dans une autre direction) : Tu ne veux pas faire de confitures et tu as supprimé les déjeuners de famille.

Vous (plaidant coupable) : C'est vrai ! Dénoyauter les cerises et les prunes m'ennuie atrocement. Et je déteste les déjeuners de famille où tout le monde s'emmerde et finit par s'engueuler. Les deux derniers ont été désastreux. Il a fallu des mois pour qu'on se réconcilie tous.

Fille Aînée (triomphante) : Peut-être. Mais mes enfants ont l'impression de ne pas avoir une grand-mère normale. Surtout Alizée à qui tu refuses de donner la poupée Barbie de ses rêves.

Vous : Je hais Barbie. Ce n'est pas un joli bébé qui apprend aux petites filles à jouer à la maman mais une affreuse créature avec des seins, un cul et des centaines de vêtements qui leur enseigne l'art d'être une pétasse plus tard ! Au feu, Barbie !

Fille Aînée : Tu délires comme les mollahs du Koweït !

Vous : Pardon ?

Fille Aînée : Les mollahs du Koweït ont lancé une *fatwa* contre « la diablesse voluptueuse et blonde Barbie ». Des magasins de jouets ont déjà été incendiés. Si on m'avait dit que ma mère penserait un jour comme un mollah !...

Vous (éclatant en sanglots, une fois de plus) : Tu as raison ! Je suis nulle ! Vraiment nulle !

Fille Aînée (éclatant en sanglots à son tour) : Mais non ! Tu as aussi plein de qualités, je t'assure. Tu es une femme formidable !

Vous : Je suis une ratée...

Fille Aînée : Ce n'est pas vrai !

Vous vous embrassez follement toutes les deux. Orage terminé. La météo se remet au beau.

51

Sauf que dans le fin fond de votre âme grandit le chardon de la culpabilité. Vous n'êtes plus capable de faire votre DEVOIR. Pis : vous en avez marre de faire votre DEVOIR. Ras-le-bol de vous obliger sans cesse à faire votre DEVOIR. Vive une bouffée d'égoïsme !

L'autre moitié de vos copines a été, est, ou sera soignée par un psy. Elles vous encouragent avec enthousiasme à en consulter un. Et en profitent pour vous décrire longuement leur dépression. Cela vous ennuie affreusement. Ce que vous désirez, c'est raconter la vôtre. D'autant plus que ces anciennes combattantes ont l'art de vous téléphoner à treize heures moins cinq ou à vingt heures moins trois, au moment où vous finissez de faire griller votre bifteck ou votre sole que vous vous apprêtez à déguster (chaud) en regardant le Journal Télévisé. Seule émission qui vous passionne vraiment sur la Une ou la Deux.

Au début, vous n'y avez pas prêté attention. Ecouté pieusement Annie vous expliquer longuement comment elle était folle amoureuse de son papa à cinq ans. Ou Patricia vous avouer son traumatisme à trois ans à la naissance de son petit frère. Mangé ensuite votre bifteck (froid) ou votre sole (gelée) en biglant vaguement d'un œil le sport (que vous détestez profondément).

Au dixième coup de fil, vous avez conclu que vous étiez la seule femme en France à prendre

52

ses repas en regardant pieusement les Informations à la télévision. L'Audimat ment en assurant que le pays entier est suspendu aux nouvelles du JT. Non. Il téléphone.

Depuis, vous mettez votre répondeur et vous ne décrochez pas malgré les cris qui s'en échappent :

– Allô, chérie ? C'est moi ! (qui ça, « **moi** » ?). Je sais que tu es là. Décroche. J'ai à te parler d'urgence...

– Allô, chérie ? Ici Sylvie. Je voulais juste prendre de tes nouvelles. Mais j'entends que tu vas mieux. La voix de ton message sur le répondeur est bien meilleure que celle de la semaine dernière. J'en suis contente. Bye !

Cette remarque vous surprend énormément étant donné que vous n'avez pas changé le message de votre répondeur depuis trois mois.

– Allô, chérie ? Comment tu vas ? Moi, ça ne va pas du tout. L'impression d'avoir la tête comprimée par un chapeau trop petit et une douleur à gauche de la poitrine. Tu sais : celle qui annonce la crise cardiaque. Appelle-moi avant que je meure.

– Allô, chérie ? C'est ta pauvre Alice qui t'appelle ! Christophe m'a larguée ! Figure-toi qu'il y a trois mois, un soir qu'on faisait l'amour et que j'étais... heu... un peu distraite... au lieu de bramer : « Ah ! C'est bon ! C'est bon ! » J'ai dit, bêtement : « Faudrait repeindre le plafond. » Ça l'a rendu furieux. Et depuis, chaque fois qu'on baisait, il me demandait : « Alors ? Le plafond, ça va ?... »

– Allô, chérie ? C'est Valériane. J'ai pensé à ton cas. Ne va pas voir un psychiatre mais un psychanalyste. Le traitement est plus long et plus cher... mais il t'aide à reconstruire entièrement ta personnalité.

L'idée de reconstruire le tas de ruines que vous êtes devenue vous plaît. Vous vous renseignez. La thérapie dure parfois dix ans à raison de deux séances par semaine. De quoi vous transformer en château de Chenonceaux ou en palais du Louvre. Vous ferez des économies sur les taxis et ne mangerez plus de saumon fumé le restant de votre vie.
Vous prenez rendez-vous avec le psychanalyste de Valériane, dont vous finissez par trouver le repaire dans le fond d'une cour du XIIIᵉ arrondissement. Troisième étage sans ascenseur. Bon signe : le prix de la consultation ne doit pas être trop élevé. Vous sonnez. Criiiiiic... La porte s'ouvre toute seule avec un grincement de polar noir. Devant vous, un long couloir marron. Personne ne vient. Aucune indication. Vous vous engagez à tout hasard dans le tunnel sombre et débouchez dans ce qui ressemble à une salle d'attente vide. Marron également. Au mur, un grand tableau hyper-réaliste représente un moteur de voiture. Vous vous asseyez. Zut. Pas de revues. Silence

sépulcral. Etes-vous chez un médecin ou dans le nid d'un vampire?

Ah! Quelques crépitements de talons hauts et des chuchotements féminins. Claquement de la porte d'entrée. Curieux frôlements dans le couloir.

Entre le Psychanalyste. Chaussé de charentaises et habillé d'un pull ras-de-cou mal tricoté à la main et sans chemise dessous. Petit, gros, chauve, avec des lunettes en acier et un regard fuyant. Profondément antipathique. Vous sentez que vous ne lui plaisez pas non plus. Embêtant. Mais pas tellement surprenant. Un grand professeur dans un dîner mondain vous a révélé – en se marrant – que beaucoup de médecins haïssaient sournoisement leurs patients et surtout leurs patientes. (« Toutes des emmerdeuses ».)

Psychanalyste ne vous serre pas la main. Vous fait signe d'entrer dans son bureau. Peint également en marron avec un divan en reps marron. (C'est un dingue du marron, ce type!) Au mur, un deuxième tableau hyper-réaliste représentant cette fois le moteur d'une moto. (C'est aussi un dingue des moteurs.)

Sur un geste de cet étrange personnage, vous vous étendez, telle une diva, sur le « divin divan ».

Il s'assied sur une chaise derrière vous.

Vous détestez.

Qu'est-ce qu'il fabrique dans votre dos, ce mec?

Léger crissement. Il écrit. Il écrit quoi?

Des remarques désagréables à votre propos?

Le plan de ses prochaines vacances? Non. Il a la

tête maussade de celui qui ne prend jamais de vacances.

Va-t-il sortir un couteau et vous égorger par-derrière ?

Le silence devient pesant.

Vous sentez que c'est vous qui devez parler.

Vous : Heu... Heu...

Vous vous arrêtez. Votre tête est vide. Re-silence pesant.

Psychanalyste (marmonnant) : ... hon... hon...

Vous : Ben... ben...

Silence de plus en plus pesant.

Psychanalyste : Hon... hon...

On n'est pas sorti de l'auberge. Finalement, bribe par bribe, vous arrivez à lui raconter vos petits malheurs, coupée – très rarement – par ses hon-hon.

Soudain, le docteur Hon-Hon se lève et vous comprenez que la séance est finie.

Vous (gênée) : Combien je vous dois, docteur ?

Vous avez toujours eu horreur de poser une question aussi vulgaire à un homme avec qui vous venez d'avoir des relations intimes (en tout bien tout honneur). Soit qu'il vous ait tâtouillé le ventre et les seins, trifouillé le sexe, fait marcher à poil dans son bureau (rhumatismes), enfoncé le doigt dans votre derrière (diverticulose sygmoïdienne), ou écouté vos secrets les plus secrets, etc.

Docteur Hon-Hon (d'une voix brusquement claire) : Cinq cents francs.

Tiens, il parle !

56

Merde, cinq cents francs, c'est cher. Il ne se mouche pas du pied droit. A raison de deux séances par semaine (mille francs) et de huit par mois (quatre mille francs), cela fait environ cinquante mille francs par an et cinq cent mille en dix ans. Le prix d'un atelier de peinture pour Petite Chérie.

Vous détalez.

Adieu, docteur Hon-Hon.

– Tu es folle d'aller voir des dingues pareils, vous sermonne votre copine Muriel. Va consulter tout bêtement un brave psychiatre qui t'écoutera amicalement et te donnera un antidépresseur pépère. Et en six mois, tu es guérie !

OK.

Vous découvrez alors une chose étonnante. Toutes vos copines à psy se refusent à vous donner le nom et l'adresse du merveilleux thérapeute qui les soigne :

– Tu comprends, c'est très intime, un psy. Cela me gênerait que tu ailles voir un homme à qui je raconte tout de moi et de ma vie. Je lui parle même de toi. (Hein ? Quoi ? Qu'est-ce qu'elle lui dit à votre sujet ?... Intolérable !)

Bref, vous n'obtenez – et encore à force de supplications – qu'une seule adresse : celle d'un grand professeur qui habite exactement à l'autre bout de Paris. Tant pis. Vous téléphonez et vous apprenez que son prochain rendez-vous de libre est dans six mois. Comment ça, dans six mois ? Mais vous serez morte dans six mois ! (chagrin ou suicide).

– Désolée, répond la secrétaire, mais le Professeur est très demandé. Du reste, il ne vous reçoit (dans six mois !) que parce que vous êtes recommandée chaudement par une de ses patientes.

Il vous apparaît alors que tous les psys sont follement occupés. Un peu à soigner leurs malades. Enormément à écrire des livres, donner des conférences, assister à des séminaires aux Bahamas, répondre à des interviews à la télévision et à la radio, rédiger des monceaux d'articles dans les journaux. Bref, à donner leur avis sur tout et sur tous. Plus un père ne flanque une fessée à son gamin, ou un gosse ne balance une torgnole à un autre dans une cour d'école, plus une adolescente ne concubine avec un Eddie Barclay de banlieue, plus une bande de voyous ne brûle une voiture à Vaux-en-Velin, sans qu'un psy vienne commenter gravement l'événement. Certains travaillent même – pour des agences de publicité – sur les motivations d'achat des ménagères concernant les poireaux, les lessives, le café, les biscuits/apéritif, les yaourts anti-coliques, etc.

Bref, il ne leur reste plus de temps pour soigner une malheureuse petite Française déprimée.

Vous en êtes à envisager d'aller à New York vous faire traiter par des neurologues branchés qui consultent dans leurs limousines, au milieu des embouteillages – pour gagner du temps, si, si –, quand un de vos amis, célèbre metteur en scène complètement schtarbé, vous livre la précieuse adresse de son praticien qui pourrait, paraît-il, vous donner un premier rendez-vous dans deux mois.

Deux mois, c'est mieux que six mois. Mais tiendrez-vous jusque-là ?

De plus en plus adorable, votre copain téléphone directement à « Dieu » (vous ne saurez jamais ce qu'il lui a dit) et vous arrache ce fameux rendez-vous dans les deux jours...

... que, terrorisée, vous passez ivre morte.

CHAPITRE 4

Comment s'habille-t-on pour consulter un psy ? Vous avez lu quelque part que celui-ci tenait compte de l'apparence de sa patiente pour établir son diagnostic (et le montant de ses honoraires).

Or, depuis quelque temps, mal dans votre peau comme vous l'êtes, vous avez tendance à vous vêtir comme une SDF.

En fait, « on » (toujours votre chère grand-mère) vous a appris, depuis toute petite, à distinguer entre :

... « les habits neufs du Dimanche » à conserver précieusement pour ne porter que le Jour du Seigneur et dans les grandes occasions. Et qui se changeront, lorsqu'ils seront vieux et démodés, en...

... « fringues de tous les jours » pour sortir faire les courses, le marché, les visites aux vieilles tantes. Et qui deviendront une fois défraîchies (les fringues, pas les tantes)...

... « des nippes à user chez soi ».

Depuis que vous avez une chaumière normande existe une quatrième catégorie :

... « les hardes » élimées jusqu'à la trame, rapiécées, aux taches propres (non parties au lavage malgré les pubs mensongères des marques de lessive). Vous vous promenez donc dans vos bois dépenaillée comme une pauvresse. Petite Chérie a tendance à vous imiter.

Pour en revenir au docteur D., vous avez un peu honte de vous présenter à lui dans votre vieux chandail rose déformé, votre caleçon noir raccommodé et votre manteau kaki fané. D'un autre côté, vous n'avez pas le courage de vous présenter avec votre joli blouson de ragondin qui ne correspond pas à votre « mal-être ». Sans compter que ce médecin encore inconnu est peut-être un écolo acharné qui milite contre les manteaux de fourrure. Tiens ! Voilà quelque chose qui continue de vous agacer prodigieusement. Tous ces top-models qui piaillent à poil contre l'utilisation de la fourrure animale – bien chaude – mais dévorent sans vergogne les côtelettes d'adorables agneaux ou, pis, de pauvres petits poulets élevés en batterie (torture raffinée). Et B.B. elle-même, qui a réduit à la misère les malheureux Esquimaux Inuits qui ne peuvent plus chasser le phoque et se soûlent dans des HLM en Alaska !

Pour en revenir à votre psy, vous décidez de porter une tenue modeste (catégorie 2), symbole de votre tristesse et de vos revenus peu élevés.
Aucun maquillage, bien sûr. Même pas un peu

de rouge sur les joues. Vos copines ont beau s'exclamer que vous avez une mine excellente (ce qui vous exaspère : quand on est malade comme vous vous SENTEZ malade, on ne peut pas avoir bonne mine, un point c'est tout, espèces de menteuses). Du reste, Petite Chérie vous a révélé brutalement la vérité :

– T'as la peau grise, ma pauvre Maman !

Vous avez dû faire une drôle de tête, car elle a ajouté précipitamment : « Oui... mais d'un joli gris !!! »

Vous tenez absolument à ce que le psy voie votre peau grise d'un joli gris.

Vous avez rendez-vous à quatorze heures quarante-cinq. Le cœur battant, toujours accompagnée de Pieuvre Géante enroulée autour de votre poitrine, un tentacule entortillé autour de la gorge, vous sonnez anxieusement à la porte à quatorze heures quarante-quatre. Une secrétaire au joli sourire amical vous ouvre et vous introduit dans un petit salon où vous êtes seule. Wouaouh ! Peut-être n'allez-vous pas vous morfondre des heures comme chez votre dermatologue, où vous vous installez avec un sac de livres, des petits biscuits et des ballerines pour attendre confortablement qu'il ait fini d'enlever des dizaines de verrues à des harems entiers de dames arabes voilées de noir. (C'est l'assistante – du dermato – qui vous a révélé ce curieux secret médical sans vous expliquer pourquoi ces princesses orientales étaient ainsi piquetées de *nævi pigmentaires* ou de *kératoses séniles*.)

Vous examinez le petit salon/salle d'attente de votre futur sauveur. Fauteuils et tables anciennes. Un divan recouvert de satin jaune (très laid). Sur tous les meubles, une quantité inouïe de photos de famille. Ce médecin doit avoir au moins douze enfants et soixante-quinze petits-enfants. Et il les aime. Bon signe. A moins qu'il ne s'agisse d'un intégriste qui refuse la pilule. Auquel cas, vous ne reviendrez jamais.

Sur les murs, des dizaines de petits tableaux, tous dédicacés :

« Au docteur D., avec mes remerciements pour m'avoir guéri »...

« Au docteur D., qui m'a sauvé de mes démons »...

« Au docteur D., grâce à qui je survis »...

Deuxième bon signe. Les patients du docteur D. ont l'air contents de lui.

Justement, le voilà. Pas précipités dans le couloir. Il ouvre la porte. Dans les soixante ans. Souriant, l'air chaleureux, les lunettes en bataille sur le front, un petit bedon confortable. Bref, sympathique. Vous commencez à vous sentir un peu rassurée.

Il vous emmène dans son bureau. Meubles anciens. Un deuxième divan recouvert également de satin jaune – sa femme a dû en acheter un rouleau entier au Marché Saint-Pierre. Encore des photos de famille, des tableaux dédicacés (il doit soigner tous les peintres de Paris), des livres, également dédicacés, en pile par terre (il doit soigner aussi une grande quantité d'écrivains – ce détail se révélera exact plus tard). Et un fouillis incroyable de bibelots. Nécessitant, à votre avis, pour époussetage, plusieurs heures de travail acharné d'une femme de ménage.

Psy s'assied derrière un grand bureau (vous devant) et remplit le classique dossier. Puis il se lève et vient s'installer dans un petit fauteuil à côté du vôtre.

Psy (avec un bon sourire) : Alors, qu'est-ce qui ne va pas ?

Là, vous perdez les pédales. Vous vous entendez répondre :

– Mon mari plante des pommiers...

Et vous éclatez en sanglots.

L'attitude de Psy est alors admirable. Impassible, il se lève, va ouvrir un tiroir de son bureau, en sort une boîte de Kleenex qu'il pose devant vous.

Vous vous mouchez bruyamment.

Vous (effondrée) : Désolée, docteur, je dis n'importe quoi !

Psy : Mais non, pas du tout. (L'air prodigieusement intéressé) : ... et où votre mari plante-t-il ses pommiers ?

Un flot de paroles jaillit de votre bouche. Vous racontez en désordre : votre incroyable fatigue, votre angoisse, Pieuvre Géante, Sœur Anxiété, les absences de l'Homme, son délire des pommes, Florence la Grande Salope, votre incapacité à vous laver les cheveux et les dents, à traverser la rue, votre boulimie de chocolat, l'alcoolisme qui vous guette (côtes-du-rhône), la page blanche qui reste blanche, la honte de vous-même qui vous tenaille, etc.

Derrière son bureau, Psy prend des notes en hochant la tête.

Vous finissez par vous arrêter, hors d'haleine. Silence.

Vous : Docteur, je suis en train de devenir folle !

Psy (avec un bon sourire) : Mais non. Ce n'est pas si grave que cela.

Vous (à la fois ravie de la bonne nouvelle et déçue de ne pas être un cas d'école) : Ah bon ?

Psy (écrivant toujours) : Et quand vous étiez enfant, vous vous entendiez bien avec vos parents ?

A nouveau, une phrase idiote vous échappe :
– Non, ils ont mangé mon lapin !

Et vous vous remettez à pleurer. Décidément, vous n'avez jamais autant pleurniché de votre vie. Au Moyen Age, une croyance voulait que les gens qui n'avaient pas d'âme soient incapables de pleurer. Vous n'êtes donc pas une sorcière. C'est toujours ça ! Vous re-plongez dans la boîte de Kleenex qui est presque vide. La prochaine fois, vous reviendrez avec votre propre stock. Psy, toujours d'une sérénité olympienne, attend que vous ayez retrouvé votre calme.

Psy (gentiment) : Racontez-moi.

Vous lui narrez le drame.

Vous aviez trois-quatre ans et vous viviez à Meknès (Maroc). Deux passions occupaient votre jeune existence : Hamadou, l'ordonnance sénégalais de votre officier de père, et Plouf, votre gros lapin blanc. Dès que vous étiez habillée le matin par les soins de la pulpeuse Carmen, vous couriez à la cuisine embrasser Hamadou. Puis, la main dans la main, vous alliez ensemble chercher Plouf dans son clapier. Et vous le promeniez toute la journée dans vos bras.

Un jour, vous trouvez Hamadou soucieux.

– Plouf, pa'ti...

Vous (gazouillant) : Où ça, pa'ti ?

Hamadou (visage fermé) : Au ciel !

L'Assomption de Plouf au paradis ne vous surprit pas. La Sainte Vierge, elle aussi, était bien montée là-haut dans sa robe blanc et bleu. Et le Père Noël en descendait tous les ans dans sa houppelande rouge. C'est du moins ce qu'on vous avait raconté. Par contre, ce que vous n'arrivez pas à croire, c'est que Plouf vous ait quittée sans un signe, un mot, un bisou de son petit museau froid.

Vous galopez au clapier.

Vide.

Vous allez vous réfugier, vous et votre chagrin, sous les branches basses de votre palmier-dattier favori.

Soudain, vous entendez les voix de Carmen et d'Hamadou.

– Qué sé pasa avec lé lapin de la pétite?

– Madame, elle m'a demandé de fai' pou' le dîner une g'osse gibelotte avec Plouf!

– Qué pena! la pauvré pétite quérida!

Votre Plouf bien-aimé en ragoût!

Vous haïssez votre mère.

Vous haïssez les grandes personnes.

Le soir, l'auteur de vos jours vient vous souhaiter bonne nuit en compagnie d'un jeune lieutenant de votre père qu'elle affectionne particulièrement. Et vous aussi d'habitude. Mais là, vous refusez d'adresser le moindre sourire, la moindre parole, le moindre regard à ces monstres qui vont dévorer votre compagnon adoré.

Malgré les mamours du petit officier et les menaces de votre mère : « Si tu ne réponds pas poliment, tu vas être privée de dessert... Tu vas recevoir une fessée... », vous feignez d'être trop absorbée à tremper des mouillettes dans votre œuf coque pour dire bonsoir à ces ogres cannibales.

Le lendemain, votre chagrin est toujours là.

Une amie de votre mère et femme du colonel de votre père, que vous n'aimez pas du tout (elle marche en se tortillant du croupion et en cacardant comme une oie), entre dans votre petit jardin et se précipite sur vous pour vous embrasser.

Cette manie de bisouiller à tout prix les petits enfants est souvent exaspérante pour ces derniers, mais les adultes n'en tiennent jamais compte. Persuadés que leur léchouillage ravit les bambins. Là, toute à votre haine pour les « méchantes grandes personnes », vous vous débattez en hurlant.

Kriss, le chien de votre père, un molosse d'une race inconnue, résultat de croisements étranges – dont un lion, prétend votre géniteur – entendit vos cris du fond du bureau où il était enfermé. Or cet animal féroce venu « du bled » vous adore (il vous laisse faire la sieste entre ses pattes et lui remplir inlassablement les narines avec des allumettes). Il crut que la femme du colonel vous voulait du mal. S'élança par la fenêtre, fracassant les vitres au passage, attaqua la dame par-derrière et lui bouffa la moitié de la fesse droite.

Votre père dut payer une fortune en hôpital (la Sécurité Sociale n'existait pas encore) et eut de gros ennuis avec son colonel (furieux de se retrouver avec une épouse munie d'une seule demi-fesse droite, la chirurgie esthétique étant également inconnue).

Votre mère se fit engueuler à tout hasard. Elle piailla qu'elle allait divorcer.

Bien fait. Plouf était vengé.

Mais vous, vous n'avez jamais pardonné. Idiot, non ?

Psy ne répondit pas. Il se borna à ajouter de nouveaux hiéroglyphes sur sa fiche. Vous donneriez cher pour savoir ce qu'il écrit : « ... traumatisme dans sa petite enfance par lapin transformé en gibelotte... » ?

Après quoi, Psy prend votre tension (ah! un peu trop élevée) et vous pèse. C'est-à-dire qu'il vous fait monter sur une vieille balance, **tout habillée**! (y compris avec vos bottes!). Ce qui, naturellement, fait grimper l'aiguille vers des hauteurs incroyables. Vous ne pouvez vous empêcher de protester. Qu'il vous laisse au moins enlever vos bottes!

– Pas la peine, répond Psy avec un sourire taquin, c'est simplement pour avoir une idée.

De toute façon, vous abominez les balances. Ce sont des objets fantasques auxquels on ne peut accorder aucune confiance. C'est ainsi que vous ne pesez pas le même poids sur votre bascule antipathique et snob de Paris (un kilo de trop) que sur celle, brave campagnarde, de la Palomière (un kilo de moins). La pire étant le pèse-personne de votre nutritionniste (deux kilos de trop) qui, à votre avis, est truqué à la hausse pour affoler ses clientes, lesquelles, ensuite, suivront sagement les régimes d'enfer qu'elle prescrit.

Au bout d'une heure – et non trois quarts d'heure comme prévu – vous quittez Psy, heureuse et légère comme une libellule.

QUELQU'UN VOUS A ÉCOUTÉE CHALEUREUSEMENT... QUELQU'UN NE VOUS A PAS

DONNÉ L'IMPRESSION ACCABLANTE D'ÊTRE UNE PETITE BONNE FEMME MINABLE, AUX SOUCIS INFANTILES ET AU HONTEUX MANQUE DE COURAGE...

Vous dévalez l'escalier en fredonnant.

Au pied des marches, vous vous arrêtez net.

Psy ne vous a pas dit si ça guérissait, une dépression nerveuse... et QUAND?

CHAPITRE 5

Vous êtes à peine rentrée chez vous que la Ligue des Gonzesses se manifeste au téléphone.

– Alors? Comment est-IL? Vieux? Jeune? Beau? Gentil?
– Tout!

– Tu LE revois quand?
– Dans quinze jours.
– Quinze jours? Mais c'est épouvantablement loin! Enfin, cela prouve que ta déprime n'est pas très grave.

– Qu'est-ce qu'IL t'a dit?
– Rien.
– T'en fais pas. ILS ne vous disent jamais rien.

– Est-ce qu'IL t'a donné beaucoup de médicaments?

73

Ah! C'est là que le bât blesse. Psy vous a tendu une ordonnance d'une page remplie serré. Le pharmacien, qui vous connaît bien, a pris l'air inquiet :
— C'est pour vous tout ça?

Le clan des anti-psys triomphe.

— Je t'avais dit que c'était une folie de te mettre entre les pattes d'un de ces mecs. Il va t'empoisonner.

— Ecoute-moi et fais-moi confiance, je t'en supplie. Jette toutes ces saloperies!

— Tu sais, j'espère, que les antidépresseurs font perdre la mémoire. Tu vas être gâteuse avant l'âge...

— Attention! Tu risques de devenir dépendante des somnifères... Tu seras accro...
— Je suis déjà accro à l'insomnie!

— Est-ce qu'il t'a prévenue, ton psy, que toutes ces drogues font grossir? Toi qui n'es déjà pas tellement mince!...

— Arrête avant que ce médecin de malheur te fourre dans une clinique spécialisée, avec électrochocs. J'ai une cousine qui n'en est jamais sortie.

74

Le clan des pro-psys, lui, se passionne.

– Est-ce qu'IL t'a donné du Prozac? Moi, j'ai été sauvée par le Prozac.

– Est-ce qu'IL t'a interrogée sur ta vie dans le ventre de ta mère? Il paraît que c'est le dernier chic en psychiatrie!

– Est-IL pro-Dolto (toutes les mères ont tort)? Ou pro-Lacan (toutes les mères ont tort)? Ou pro-Bettelheim (toutes les mères ont tort)?

– T'as raison de te soigner à fond. Tous les humoristes ont un grain. Swift a fini fou. Mark Twain a été enfermé plusieurs fois. Feydeau avait des dépresses terribles. Zavatta, le célèbre clown, s'est suicidé, etc.

Fille Aînée arrive, triomphante. En deux jours, elle a réussi à se renseigner sur Psy.
– Ton type, c'est un salaud! J'ai une amie qui connaît une fille qui a une belle-sœur qu'il a soignée. Elle était enceinte, le père ne voulait pas du gosse et ton psy lui a conseillé de se faire avorter. Elle ne s'est jamais consolée. Elle LE HAIT.
Vous : Ça m'étonnerait qu'un médecin, n'importe lequel, CONSEILLE à une femme de se faire avorter. Il en parle avec elle, mais il la laisse libre de sa décision.

75

Fille Aînée : Tu veux le numéro de téléphone de ma copine, si tu ne me crois pas ?

Vous : Fous-moi la paix ! A mon âge, je n'ai plus aucune chance de tomber enceinte !

Fille Aînée : A ton âge, tu ne devrais pas aller voir des gourous !

Vous (furieuse) : Ça te va bien de dire ça, toi qui n'arrêtes pas de consulter des voyantes... Et qui y crois !

Fille Aînée (vexée) : Cela n'a rien à voir. Et puis elles, en ce qui me concerne en tout cas, elles ne se sont jamais trompées.

Vous : Tu parles ! Et celle qui t'avait prédit, il y a dix ans, que tu te lancerais avec succès dans la politique ? Et l'autre qui avait annoncé ton mariage avec un milliardaire australien, alors que Monsieur Gendre est fauché et bêtement parisien !

Fille Aînée s'en va en pinçant les lèvres et en secouant sa magnifique chevelure blonde, signes d'un grand mécontentement.

Entre Petite Chérie. Elle, elle est impressionnée de vous savoir « malade » et se tient à vos côtés dans l'épreuve.

– Tu vas mieux, Ma Maman ?

– Laisse-moi au moins le temps de prendre mes médicaments !

Pendant que vous commencez à coller les vignettes sur la feuille de soins de la Sécurité Sociale, votre fille cadette se plonge dans la lecture des modes d'emploi. Sa mignonne petite figure reflète la plus grande incompréhension.

– Quelle est la différence entre un anxiolytique, un hypnotique, un barbiturique, un neuroleptique, un tranquillisant, un antidépresseur?

Vous : Je n'en sais strictement rien et je ne veux pas le savoir.

Petite Chérie (abandonnant ses études de médecine) : Tu sors?

Vous : Sûrement pas. J'ai déjà eu du mal à me traîner chez le psy.

Petite Chérie : Génial. J'ai transféré mon téléphone chez toi. Si Jacques m'appelle, tu lui dis que je ne suis pas libre parce que tu es malade et que je reste avec toi. Si c'est Diego qui me demande, c'est OK pour le rendez-vous de ce soir à neuf heures à la Movida.

Vous : C'est qui, Diego? Un nouveau?

Petite Chérie : Un guitariste colombien. Il joue comme un dieu et il est fou de moi.

Vous (affolée à l'idée que Petite Chérie soit kidnappée par le cartel de Medellin en compagnie d'un musico inconnu) : C'est sérieux?

Petite Chérie : Mais non, t'es folle! Tu sais bien que je ne veux ni me marier ni avoir d'enfants. Et qu'est-ce que j'irais faire en Colombie?

Vous (pas rassurée pour autant) : Ouais. On dit cela et puis un jour, on change d'avis.

Petite Chérie : Pas moi. Tu verras. (Gentille) : Cela te ferait plaisir que je prépare le dîner?

Vous : Tu es un amour! Mais à une condition : que tu ranges la cuisine après.

Petite Chérie : Ma Maman, tu sais bien que je suis incapable de ranger.

C'est, hélas, vrai.

Vous n'avez jamais vu ni entendu parler d'une créature aussi désordonnée que votre fille cadette. Le sol de son petit studio est jonché de cendriers débordant de mégots, de vieux pots de yaourt séchant sur la moquette, de plaquettes de pilules toutes à moitié entamées, de (vos) livres dont elle a enlevé (et perdu) la couverture, de chaussures dépareillées, de petites culottes, de soutiens-gorge et de collants filés pendus aux lampes, de dizaines de petits pots de peinture dont certains renversés, etc. Les tiroirs de la commode sont ouverts et débordent de pulls roulés en boule. Le placard, lui, est vide et les vêtements qui y étaient entassés, jetés en vrac sur le canapé. Bref, c'est un spectacle de désolation. Au point que vous vous rendez le plus rarement possible dans la tanière de votre fille de peur de perdre complètement votre moral déjà stressé.

Mais il y a pire. Petite Chérie transporte son désordre partout où elle va, et particulièrement chez vous. Elle n'est pas là depuis cinq minutes que tous vos crayons ont disparu. Vos ciseaux à ongles aussi (sauf si vous avez pensé à les enfermer précipitamment dans votre petit coffre-fort). Votre brosse à cheveux gît sur le canapé (vous vous piquez les fesses en vous asseyant dessus). Vos magazines ne sont plus rangés en piles sur la table basse du salon mais éparpillés à travers tout l'appartement. La boîte à sel trône sur la baignoire (?). Le paquet de petits biscuits est vide alors que vous comptiez dessus pour le dîner et l'emballage est dans le frigo (??). Vous ne retrouverez jamais le couvercle de la grande casserole. Quant à ses vêtements, ils traînent sur tous les meubles, exception faite de ceux qui tournent dans votre machine à laver, laquelle ronfle d'une manière effrayante.

C'est là un de vos plus graves échecs qui alourdit votre sentiment de culpabilité maternelle. Pourtant vous avez tout essayé dans le passé :

• Le style directif : « Range ta chambre ! »

• Le style menaçant : « Range ta chambre ou tu seras privée de dessert. »

• Le style pédagogique : « Il faut que tu apprennes à ranger ta chambre, mon trésor ! C'est très important... une marque de respect envers les autres et toi-même... »

• La punition suprême : « Ce dépotoir est intolérable ! Pas de télé pendant deux jours. »

A tous vos cris, Petite Chérie opposait un sourire exquis, un hochement de tête approbateur. Attendant patiemment que la femme de ménage (alors portugaise et qui l'adorait) range à sa place – malgré votre interdiction formelle – pendant que vous aviez le dos tourné.

Ne sachant à quel saint vous vouer, vous avez été demander conseil à la psychologue de l'école. D'autant plus que Joséphine avait décidé également de ne plus brosser ses superbes longs cheveux qui s'emmêlaient en nids à rats.

La psychologue eut un sourire aimable mais légèrement condescendant pour la mère demeurée que vous étiez :

– Ce n'est rien ! Une petite crise d'indépendance. Les vacances approchent. Je vous suggère de mettre votre enfant en face de ses responsabilités. Expliquez-lui calmement que vous n'entrerez plus dans sa chambre ni ne lui brosserez les cheveux. Elle sera seule comptable de ses actes. Responsabilité, c'est le mot clé de la pédagogie moderne.

Vous avez suivi pieusement ces recommandations autorisées.

Qui n'eurent – vous avez le regret de l'avouer – aucun effet sur votre fille.

A la fin de l'été, sa chambre ressemblait à l'intérieur d'un camion poubelle et il vous a fallu deux jours entiers et dix énormes sacs en plastique pour évacuer toutes les cochonneries entassées.

Quant à ses cheveux, vous avez été obligée de traîner la petite créature chez le coiffeur qui poussa un cri d'horreur devant l'enchevêtrement de ses boucles en une toison où les dents du peigne ne pénétraient pas. Il dut lui raser le crâne.

Vous vous êtes abstenue de retourner demander conseil à la psychologue de l'école.

Une fois, cependant, vous avez tenté d'avoir « une conversation sérieuse » avec Petite Chérie concernant son « bordel ». Elle vous répondit simplement avec son adorable sourire :

– Figure-toi que j'ai lu dans un bouquin médical que le désordre était une pathologie due à un grand désir d'autonomie.

Vous êtes restée bouche bée.

Que faire contre une pathologie et contre un

grand désir d'autonomie chez une adolescente? Rien. D'autant plus qu'il est évident que c'était votre faute. Vous vous contentez donc désormais de crapahuter parmi son fourbi et de ne pas demander pourquoi diable le beurre est en rade sur le haut de votre armoire à pharmacie.

Aujourd'hui vous êtes si fatiguée que vous êtes bien contente que Petite Chérie entreprenne la confection d'un gratin de macaronis (un de vos plats préférés à vous et à l'Homme). Même si vous prévoyez que vous devrez ensuite ranger le paquet de pâtes éventré, balayer la farine par terre, éponger le lait renversé sur le carrelage, etc.
Dans la vie, il faut choisir le moindre mal.

Quant à l'Homme, inconscient de l'agitation qui règne en vous, il ne se doute de rien. Il est rentré de la campagne et, depuis, lit avec ardeur de gros bouquins style *Créer un beau verger* et *Tout sur la pomme.*

L'Homme (le nez dans *Plantation et culture de la reinette du Canada*) : ... que t'as fait aujourd'hui ?
Vous (marmonnant) : ... heu... pas grand-chose... couru à droite et à gauche.
Pas question de prononcer le mot « psy ».
L'Homme aurait une attaque.
Pourtant il vous a accompagnée à plusieurs

reprises et sans sourciller chez des guérisseurs perdus dans la France profonde. Qui n'ont jamais fait autre chose que de vous barbouiller de leur dégoûtante salive ou de vous couper une mèche de cheveux alors que vous n'en avez déjà pas beaucoup. Sans aucun résultat, vous tenez à le proclamer.

Mais, ainsi que vous l'avez déjà dit, un psychiatre est pire qu'un diable pour votre époux, et la dépression, une invention de bonne femme.

Un jour, vous avez essayé de discuter. Platon lui-même n'avait-il pas enseigné, en son temps, que c'était folie de soigner le corps sans soigner l'esprit ? Michel-Ange fut un déprimé chronique. Schopenhauer était tellement angoissé que sa mère ne le supportait pas et refusait de le voir. Luther, schizophrène, mit l'Europe à feu et à sang. Même les animaux peuvent être atteints de mélancolie. Certains chiens privés de leur maître deviennent boulimiques. Des perroquets stressés se couvrent de plumes fripées. Les serpents ont des ulcères du tube digestif. Des chevaux de course perdent leurs poils par plaques en avion. Pour les rasséréner, on leur adjoint quelque ami : un mouton ou une poule. (Heureusement que tous les passagers anxieux d'Air France ne réclament pas de voyager avec leur mouton bien-aimé ou leur poule favorite.) Et on connaît le cas d'un dromadaire déprimé qui, prostré, la tête entre les genoux comme Lady Di, refusait d'honorer ses trois femelles.

L'Homme se contenta de ricaner et de vous annoncer qu'il n'avait rien de commun avec ce dromadaire mélancolique. Et il vous arracha votre chemise de nuit.

Ce soir, vous profitez de ce que votre cher et tendre époux est absorbé par sa lecture fruitière pour aller avaler en cachette vos médicaments camouflés dans la boîte de votre machine à écrire.

Parce que si votre Seigneur et Maître déteste les psys, il hait encore plus les médicaments. Tous les médicaments. Il préfère se tordre de douleur à cause d'une rage de dents plutôt que d'avaler un simple comprimé calmant.

Vous (émue par sa souffrance) : Je t'en prie, prends au moins une aspirine !

L'Homme (crucifié à son poteau de torture) : Jamais ! L'aspirine est un poison. Je préfère mourir plutôt que d'avaler une telle saloperie.

Vous (exaspérée) : Eh bien, crève !

Pas question qu'il aperçoive la pharmacie prescrite par le docteur D. Il serait capable de la jeter par la fenêtre. Vous faites donc très attention, sauf une fois où votre époux vous surprend dans la cuisine en train d'absorber un cachet de Temesta.

L'Homme (soupçonneux) : ... que tu prends ?

Vous : ... heu... des vitamines.

L'Homme ne dit rien. Ce n'est pas qu'il croit aux bienfaits des vitamines. Il les méprise tout bonnement. De vulgaires placebos.

Ouf !

83

A peine êtes-vous couchée que Sœur Anxiété, furieuse que le psy vous ait donné un tranquillisant, déclenche une lutte à mort contre le Temesta. Au lieu de vous détendre et de partir dans les bras de Morphée, vous voilà réveillée comme une souris bourrée de vin blanc (Sancerre). Une question que vous a posée Psy d'un air de ne pas y toucher vous taraude l'esprit :

– QU'EST-CE QUI A PU DÉCLENCHER VOTRE DÉPRESSION ?

Vous êtes très ignorante des théories de Freud. Vous croyez savoir simplement que dans votre noir inconscient grouillent plein de vilains sentiments, dont une passion incestueuse pour votre Papa – ce qui vous étonne fort étant donné que vous ne l'avez pratiquement jamais vu –, des regrets dont celui de ne pas avoir de zizi – curieux, vu que, jusqu'à votre mariage, grâce à l'éducation des Bonnes Sœurs, vous avez complètement ignoré l'existence du zizi d'homme –, des peurs enfantines, des pulsions érotiques, des rancunes, des blessures de la vie, etc.

Apparemment, rien de particulier ces derniers temps n'a pu faire exploser tout ça.

SI !

Flash ! Le souvenir vous revient. Avec une telle violence que vous en tremblez. Et que vous avez la

84

sensation que Pieuvre Géante va vous étrangler définitivement.

Deux mois auparavant, vous avez été invitée à dîner au Jockey-club avec des amis et votre chère cousine Isaure, par un de vos plus vieux copains, Enguerrand VII, qui vous a connue adolescente. Votre mari a refusé de venir : « Je ne dîne pas au Jockey-club, surtout avec un mec qui s'appelle Enguerrand VII. Trop snob pour moi. » Vous, vous avez accepté l'invitation, enchantée de découvrir le club le plus « seucla * » de Paris.

Quand vous êtes arrivée avec votre douce Isaure, vous vous êtes immédiatement aperçue que ledit Enguerrand VII, affalé dans un fauteuil Louis XVI du salon, était ivre mort. Il leva un œil vitreux sur vous :

– Ah ! te voilà, ma petite chérie, marmonne-t-il d'une voix pâteuse.

Vous lui claquez un gros bisou sur les deux joues.

Il vous regarde méchamment :

– Ben, dis donc, t'as pris un coup de vieux, toi ! T'es plus baisable !

Un épieu a plongé droit dans votre cœur.

Mais vous êtes orgueilleuse. Surtout ne pas montrer votre désarroi. Vite ! Vite ! Une réplique !

– Toi, tu ne l'as jamais été, baisable ! ripostez-vous.

Rien d'autre n'est venu à votre esprit où tourbil-

* Verlan personnel.

lonnent des idées confuses. Vous êtes sauvée par le maître d'hôtel qui s'incline devant votre bourreau.

– Monsieur le Baron est servi.

Baron mon cul! Dégénéré, oui, avec ses trente-six quartiers de noblesse. Salopard qui se dirige en titubant vers la salle à manger. Ah! Si tu pouvais claquer là, sur place, avec quelle joie je piétinerais ton cadavre de chacal...

Le dîner fut très gai. Les autres invités charmants. Vous décidez d'enterrer au plus profond de votre mémoire l'injure mortelle.

Jusqu'à ce soir.

Où elle brille en lettres de feu sous vos paupières closes.

T'ES PLUS BAISABLE!

Et si c'était vrai?

CHAPITRE 6

Vous vous coulez doucement hors de votre lit, sans réveiller l'Homme, et vous vous glissez dans la salle de bains. Vous allumez toutes les lumières. Vous vous campez nue devant la grande glace. Et vous vous posez la question : « Est-ce que si vous étiez un homme, vous tomberiez amoureux de vous ? »

La réponse est : NON.

Vous ne vous prendriez même pas en stop.

Bon. C'est vrai que vous n'avez jamais ressemblé à la Vénus de Botticelli. Votre cher Papa vous en a averti dès votre adolescence, au cours d'une de ses rares permissions en coup de vent :
– Toi, tu as la beauté du diable.
– C'est quoi, la beauté du diable ?

– Celle de la jeunesse, de la fraîcheur, de l'adolescence... mais ça passe très vite !

Bingo !

Vous êtes allée vous plaindre à votre Maman après son départ. Pourquoi ne vous a-t-elle pas mieux réussie ? Elle vous a consolée tout en en profitant avec délices pour dire du mal de son premier mari : « Ton père a toujours été une vieille culotte de peau ! »

– D'accord, tu pourrais être plus jolie... Mais aucune importance. Le proverbe dit : « Belle rose devient gratte-cul ». Les filles ravissantes attirent l'attention des hommes mais c'est en les charmant qu'on les retient.

– Et comment les charme-t-on ?

– D'abord en les admirant. Les mâles ne résistent pas à un compliment. De vraies mouches à miel. N'arrête jamais de leur assurer qu'ils sont intelligents, beaux, amusants, virils, bons amants, etc. Ils te trouveront la plus divine des créatures. L'autre secret de la séduction, c'est de les écouter parler. Inlassablement. Même s'ils t'ennuient à mourir avec leurs petites anecdotes de collègues de bureau, de moteurs de bagnoles ou de politique. Tu-te-passionnes. En tout cas, tu fais semblant, avec un air fasciné, les yeux grands ouverts et la tête penchée de côté. Et tu ne dis jamais, absolument jamais : « Arrête ! Cette histoire-là, tu me l'as déjà racontée cinquante fois. » L'homme est un petit garçon fragile qui a besoin de se croire un dieu.

Grâce à ces recommandations maternelles de choc, vous n'avez jamais manqué d'amoureux. Merci, Maman.

Mais depuis quelques années, les choses ont changé.

Sous l'influence tyrannique et infatigable des magazines féminins, du cinéma, de la télévision, de la publicité, de la société en général, les femmes ont désormais le DEVOIR d'être belles, minces, élégantes et surtout jeunes. Malheur à celles qui ont le nez de travers, les dents en avant, les cheveux maigres, les oreilles écartées, des gros seins comme des ballons de foot, des petits seins comme des pois chiches, des fesses plates. Et surtout dix kilos de surplus. Et surtout surtout, quinze ans de trop et les rides qui vont avec.

Et ce soir, plus vous vous regardez dans la glace, plus il vous semble que vous avez vieilli de cent ans depuis ce matin.

Vous vous sentez coupable de ne pas ressembler à ces éblouissants top-models qui sourient (en prononçant la phrase magique : « ouistiti sex ») à toutes les pages de tous les journaux. Une vraie obsession. Vous vous demandez brusquement si la majorité des femmes ne les détestent pas dans le secret de leur cœur et si la dictature triomphante de ces beautés n'est pas la cause d'un grand nombre de déprimes féminines. Votre seule consolation est de savoir que ces déesses splendides sont hantées – plus que la simple ménagère de l'Audimat – par la peur de la décrépitude. Et s'échinent trente-six heures sur vingt-quatre à prolonger leur jeunesse obligatoire.

Autrefois, la vie était plus simple. D'un côté, les ravissantes idiotes. De l'autre, les laides intelligentes. Chacune se débrouillait avec ses qualités et ses défauts. Il y avait une justice.

Maintenant, il existe une quantité incroyable de jeunes femmes avec le QI d'Einstein et la beauté de Claudia Schiffer.

Fini le temps de votre chère vieille Golda Meir, Premier ministre d'Israël, avec sa lourde silhouette, son vilain petit chignon gris, son gros nez en pomme de terre, un cabas en guise de sac, ses pantoufles, ses bas noirs mal tirés. Et ses yeux pétillants d'esprit.

Désormais, c'est l'ère de Benazir Bhutto, Premier ministre du Pakistan, avec son visage de madone et son allure de liane gracieusement enveloppée dans un somptueux sari. Et dans son immense et superbe regard noir, brille aussi la lumière de l'intelligence.

Le monde grouille de ces éblouissantes superwomen, jeunes, actives, minces, malignes, superdiplômées, élégantes, etc., bref, parfaites.

Enervant, non, pour les autres moins gâtées par la nature ?

Pour vous, en particulier.

– T'as l'air d'une vieille prune ridée, oubliée sur une étagère ! ricane cette garce de Pieuvre Géante dont vous aviez oublié l'existence pendant un moment.

Vous hochez tristement la tête.

C'est entièrement votre faute.

Et un peu celle des Bonnes Sœurs qui vous ont inculqué que vous regarder plus de trente secondes dans un miroir était un péché. Péché véniel de coquetterie, certes, mais qui amenait à commettre celui, mortel, de luxure. Vous n'avez jamais très bien su ce qu'était la luxure, sinon que cela avait un rapport avec le sexe, l'ennemi diabolique du chrétien, sauf s'il s'en servait pour procréer des enfants dans la position du missionnaire.

Il vous arrivait donc de vous croiser dans une glace sans vous manifester le moindre intérêt, d'autant plus qu'il vous semblait avoir toujours seize ans (vous avez encore tendance à croire cela, hélas). Et que Sœur Saint-Charles vous avait assuré que ce qui comptait dans un visage, c'était la bonté intérieure qui s'en dégageait, *éventuellement*.

Vous avez donc été un peu surprise par l'histoire de Charles Jones, un Américain aveugle de San Francisco qui fut opéré à cinquante-deux ans, avec succès, de sa cécité. Il put enfin contempler, pour la première fois, sa femme qui l'avait soigné pendant vingt-cinq ans. Et très déçu... demanda immédiatement le divorce. Pour épouser la jolie petite caissière du drugstore. Mais bon, il devait s'agir d'un méchant aveugle, pas chrétien du tout. « Prions pour lui ! » s'exclama avec ardeur Sœur Saint-Charles.

Plus tard, votre passion pour les westerns (vous les avez tous vus) vous ancra dans l'idée qu'une femme convenable était une pionnière – au cœur tendre mais z' honnête – qui piochait son champ, le teint tanné par le soleil, conduisait ses chevaux au galop, le chignon dénoué, en hurlant « Ho! Ho! », cuisait des tartes aux pommes, enroulée dans un immense tablier, et épousait à la fin John Wayne (votre grand amour) sous le nez de la belle putain du saloon. Qui s'enfuyait en pleurant, avec ses valises, par la première diligence. Le Bien triomphait de la Beauté. Youpee!

Sur le coup de vos trente-cinq ans, vous avez eu une crise.

– Quoi, clamait en chœur la Ligue des Gonzesses, tu ne mets jamais RIEN sur ta peau? Mais tu auras l'air d'une poire blette à quarante berges! Et alors, fini, les mecs...!

Terrorisée par cette perspective et surtout la crainte de perdre le vôtre – de mec –, vous vous êtes plongée dans les pages de Conseils de Beauté de vos chers magazines féminins dont vous sautiez la lecture auparavant.

Vous avez été effarée par le nombre de produits cosmétiques entre lesquels vous deviez choisir et le patois pour en parler utilisé par les rédactrices des journaux, patois auquel vous n'avez rien compris (et que vous continuez à ne pas comprendre).

Votre premier effort s'est porté sur le visage (c'est ce qui se voit le plus, non?).

– As-tu la peau sèche ou grasse ? vous a demandé votre copine Juliette dont vous quémandiez l'avis sur ce grave problème de derme et d'épiderme dont vous saisissiez mal la différence.

– Je n'en sais rien ! avez-vous gémi.

Juliette vous a gentiment emmené voir son esthéticienne. Qui a examiné votre bobine avec le plus grand dédain.

– Vous avez la peau à la fois sèche et grasse, a-t-elle décrété.

Et elle vous tourna le dos. Avait dû sentir que vous ne seriez jamais une bonne cliente.

Le coup fut rude. Que faire d'une peau à la fois sèche et grasse ? Et comment était-ce possible ?

Mais vous n'avez pas perdu courage. Et consacré des heures à hésiter entre des milliers de « techno-cosmétiques » dont vous ne vous doutiez pas auparavant qu'ils existaient...

... Crèmes aux micro-éponges de synthèse (où ça se pêche ? Dans l'océan Indien ?)... Émulsions hydratantes à la rose-châtaigne (la rose-châtaigne est inconnue dans vos livres de botanique)... Gels verts (pour ressembler à une extraterrestre ?) dont les micelles (n'existent pas dans votre petit Larousse) font la part belle aux actifs nutritifs (ah bon !)... Fluides légers à base d'herbe de rosée chinoise (poétique en diable, l'herbe de rosée chinoise, mais sûrement pas facile à ramasser), qui colmatent les brèches de l'épiderme (parce qu'il y a des brèches dans votre épiderme ? Au secours !)... Lotions à l'extrait de Simarouba Amara (arbre guyanais, comme tout le monde le sait), dont les extraits aminés (= aminoacides dans votre cher Larousse, ce qui ne vous tire pas d'embarras) donnent à boire aux cornéocytes (peaux qui ont l'apparence de la corne???).

Etc. Etc. Etc. Etc. Etc. Etc. Etc. Etc. Etc. Etc.

Vous apprenez également avec stupéfaction que les nouveaux soins anti-gras sont « super-rusés » (jusqu'ici, vous aviez cru que cet adjectif s'appliquait surtout aux renards) et « buvardent » le tropplein de sébum (comme c'est joliment dit!), réapprenant ainsi à la peau le B.A. BA du bon ton (parce qu'il y a des peaux bien élevées et des peaux mal élevées?).

Munie d'une documentation d'enfer, vous vous êtes rendue à la Grande Parfumerie du quartier.

Où vous avez dépensé le budget du Bangladesh.

Et décidé de consacrer la journée du lendemain à chouchouter votre binette et le reste.

Dès l'aube, vous avez tartiné votre tronche avec « un catalyseur aux alpha-hydroxy-acides qui agit comme un déclencheur de vitalité en entretenant la fluidité membraneuse de chaque cellule »; la seule chose que vous avez comprise c'est « déclencheur de vitalité » dont vous avez bien besoin, ledit catalyseur aux alpha-hydroxy-acides étant effroyablement cher.

... Ensuite, ce fut au tour des yeux. Vous avez massé – dans le sens des aiguilles d'une montre – vos futurs pattes-d'oie, cernes, poches, avec une crème contenant « un système de transport révolutionnaire des molécules d'oxygène au cœur des cellules » (par TGV ?).

... Puis barbouillé votre bouche supposée sensuelle avec un peu de Réseau-Gélifié-Actif-d'un-Rouge-Absolu-et-Magique – qui piège les pigments avec des polymères... (C'est quoi ça, les polymères ? Rendent-ils le baiser plus érotique ?)

... Préservé votre cou et vos épaules du flétrissement (quelle horrible perspective !) grâce à des ampoules contenant un tenseur raffermissant anti-âge tonique qui crée un microclimat (inouï, le coup du microclimat !) et raffermit également vos seins (Olé !).

... Aplati le petit édredon (ou plutôt, en ce qui vous concerne, la grosse couette) de cellulite posé sur votre ventre en massant – attention, cette fois dans le sens inverse des aiguilles d'une montre – avec une Gelée-Intensive-Minceur-Liporéductrice-et-Restructurante contenant du monodystérol qui stimule les récepteurs déstockeurs de graisse. (Parce que 1 % de monodystérol déstocke la graisse comme un commis boucher taille la bavette ?) Eventuellement mangé un yaourt pour le transit intestinal. Sans sucre, bien sûr.

... Raffermi et adouci vos cuisses avec un fluide qui ne lésine pas sur les moyens : « microbilles de polyéthylène – tiens, curieux, vous avez toujours cru que le polymachin était une matière plastique – mélangées à des microfibres de loofah (cucurbitacée grimpante d'Afrique et d'Asie), le tout enrobé d'huile sèche (comment une huile peut-elle être « sèche » ? Fait-on quand même des pommes sautées avec ?) de macadamia (toujours inconnue dans le petit Larousse et même dans le Robert en six volumes. Peut-être s'agit-il de goudron raclé sur les routes au soleil du Midi ?).

Quand vous en êtes arrivée aux doigts de pied (vitaminés avec une crème anti-fatigue rafraîchissante *Pieds Echauffés* : « Un kilomètre à pied, ça use, ça use ! »), vous en aviez ras-le-bol de vous être papouillée partout et la matinée avait filé.

Malheur ! Vous aviez oublié les fesses.

Pour être honnête, vous devez avouer que vous ne vous étiez jamais inquiétée de cette partie de votre personne. C'était le moment. Vous vous êtes tortillée devant la glace pour essayer d'apercevoir si votre petit derrière était raplapla ou bien pommé. Vous n'avez rien vu. Ennuyeux. Vous aviez lu quelque part que les gros culs bien ronds étaient follement à la mode à Hollywood. Et que certaines femmes n'hésitaient pas à les gonfler avec des poches de silicone ou de résine agglomérée. Qui parfois, drame, éclataient. Une journaliste célèbre avait même été victime, en pleine émission de télévision, d'une « explosion fessière » ! Baoum !

Les Japonais, toujours à l'avant-garde de la technique, étaient, eux, en train de mettre au point le soutien-fesses. Une gainette prévue pour remonter, arrondir et maintenir en l'air les popotins féminins. Bravo, les Japonais !

Quant à vous, vous décidez d'abandonner votre

postérieur à son sort, n'ayant plus le temps, avant le déjeuner, de vous livrer aux trois soins de base : le gommage, le traitement raffermissant, la friction à l'Eau Dynamisante.

C'est donc avec un séant non dynamisé que vous vous maquillez à la hâte. Comme d'habitude.

Vous vous frottez énergiquement le visage avec du fond de teint le plus foncé possible de manière à avoir l'air bronzé. Vous tamponnez vos pommettes avec du blush rouge Prisu (le moins cher), style « bonne mine paysanne ». Vous passez du mascara sur vos cils, très légèrement pour éviter qu'il ne coule en grands cernes noirs sous vos yeux (une de vos spécialités). Un coup de dermophyl indien sur vos lèvres, et roulez, jeunesse... !

A votre grande joie, vous entendez vos amies s'écrier, épatées :

– Tu as une mine éblouissante ! Tu rentres de Tahiti ?

Vous gloussez :

– Tahiti-sur-Rubinstein !

Et – honte à vous ! – vous oubliez complètement le soir de vous démaquiller.

A la grande indignation de Petite Chérie.

– C'est dégoûtant !

Elle vous a même offert, pour la Fête des Mères, un flacon d'Eau de Source-Nettoyante-et-Tonique-en-Direct-des-Glaciers-Américains.

Que vous n'avez jamais osé déboucher ! Le coup des Glaciers Américains, ça vous intimide.

Et puisque vous êtes si « mignonne », paraît-il,

avec votre « bronzage », pourquoi ne pas en faire profiter l'Homme ? C'est lui que vous voulez encore et toujours séduire. Pas les commerçants du quartier.

Vous dormez donc, maquillée, bien hâlée et même rouge de faux coups de soleil grâce au pinceau magique – Touche-Soleil – d'Yves Saint Laurent. (C'est génial, non, le truc des faux coups de soleil en plein Paris grâce à Yves Saint Laurent ? Naturellement, quand vous êtes aux Caraïbes, vous vous enduisez complètement de crème « écran total » contre les vrais coups de soleil... Et vous revenez blanche comme un lys. La mode, actuellement, veut que l'astre du jour soit fatal à la peau.)

Ce jour-là, vous aviez décidé de consacrer aussi l'après-midi à d'autres soins divers (et très chers) dans un célèbre Institut de Beauté. Et à une séance chez un grand coiffeur où votre copine Catherine vous avait pistonnée pour « une-coupe-créée-spécialement-pour-vous » par le Maître.

L'entrée de l'Institut se révéla presque aussi luxueuse que le hall du Ritz. Des dames en peignoir rose allaient et venaient, parlant avec autorité à des hôtesses très élégantes (également en rose). Personne ne fit attention à vous. Finalement, une jeune créature, sosie de la Joconde et assise derrière la caisse, agacée de vous voir vous dandiner sur place sans rien dire, vous demanda ce que vous désiriez. Vous avez bredouillé timidement que vous aviez rendez-vous pour... vous n'aviez pas fini votre phrase que, hop! vous étiez poussée dans une petite cabine rose, déshabillée, étendue sur un lit recouvert de papier rose : « La masseuse arrive tout de suite. »

Vingt minutes plus tard, vous étiez toujours allongée, abandonnée toute nue, sur votre papier rose. Vous aviez froid. Vous vous embêtiez ferme. Il était clair qu'on vous avait oubliée. Que faire? Appeler? Crier? Et passer pour une plouc dans un endroit aussi chicos? Vous envisagiez de fouiller (toujours toute nue) le vestiaire, de voler quelques vêtements (on vous avait piqué les vôtres) et de vous enfuir, quand la porte s'ouvrit violemment. Un énorme être humain de sexe féminin mais bâti comme un sumo entra en blouse rose avec le nom d'Eva brodé sur sa fabuleuse poitrine.

– Que faites-vous là? gronda-t-elle, surprise.

– J'attends pour un massage, avez-vous gémi.

– Personne ne m'a dit que vous étiez arrivée! Et où est votre peignoir?

– On ne m'en a pas donné.

– Misère! c'est encore Lisette qui a la tête à l'envers avec ses peines de cœur. Cela ne fait rien. Je vais m'occuper de vous.

Elle s'abattit sur votre dos qu'elle commença à triturer avec deux gantelets d'acier en guise de mains. Vous avez poussé un cri de douleur.

– Ce que vous êtes nouée! grommela Eva, mécontente.

Vous vous êtes abstenue de lui faire remarquer que vous auriez été moins nouée si vous n'aviez pas été oubliée à poil et gelée dans un endroit inconnu.

– C'est la première fois qu'on vous masse?

Vous décidez d'épater Eva :

– Non. Au Japon, j'ai été massée par deux Japonaises qui m'ont piétinée avec leurs pieds.

Cette anecdote – dont vous gardez un souvenir épouvanté – n'intéressa pas du tout Eva.

– Ah oui, fit-elle dédaigneusement, j'ai déjà entendu parler de cette méthode. De la frime. Cela ne vaut pas le shiatsu.

Et hop, elle vous attrapa comme une carpe géante, vous retourna sur le dos et attaqua votre ventre.

– Oh! là! là! il faut que vous me perdiez ce gros capiton de cellulite sur votre estomac...

– Je pensais que c'était votre travail, avez-vous riposté, vexée (toute remarque concernant votre petit bedon vous rendait déjà furieuse).

– Moi, je n'y peux rien si vous ne faites pas au moins une demi-heure de gymnastique abdominale tous les matins.

– Je hais la gym et je n'ai pas le temps le matin : je travaille!

Eva ne vous a pas écoutée.

– Je laisserai pour vous à la caisse la liste des mouvements à exécuter. Après les exercices, n'oubliez pas de passer notre émulsion-gel à la caféine et au coulis de framboise qui-inhibe-le-stockage-des-graisses-et-intimide-la-cellulite.

Devant l'air farouche de votre masseuse, vous n'osez pas lui demander comment « on-intimide-la-cellulite »... Du reste, elle enchaîne :

– Qu'est-ce qu'on vous fait maintenant ?

– Un masque purifiant-gommant-liftant et une épilation.

– Je vous envoie Lisette.

Et zoum, les trois tonnes d'Eva avaient disparu.

– Mon peignoir ! piaulez-vous.

Trop tard.

La moutarde vous monta au nez. Vous avez attrapé une mini-serviette rose roulée en boule dans un panier, recouvert tant bien que mal votre sein droit et votre foufounette et vous êtes descendue majestueusement dans l'entrée. Où votre apparition fit sensation. Les clientes s'arrêtèrent de jacasser. Le Voiturier – très snob – qui tenait en laisse le chihuahua de la Princesse de P. vous regarda, effaré. Le sosie de la Joconde ouvrit une bouche ronde comme une pomme d'arrosoir.

– Cela fait deux heures que je suis dans cet établissement, avez-vous piaillé, je n'ai pas réussi à obtenir un peignoir et quelqu'un a caché mes vêtements.

Miss Joconde 2 se rua sur un placard, en sortit un minuscule drap de bain rose dans lequel elle entortilla tant bien que mal votre nudité tapageuse.

– Je suis désolée, hoqueta-t-elle, pardonnez-nous... c'est la première fois qu'une chose pareille arrive dans Notre Maison... Lisette va vous apporter votre peignoir im-mé-dia-te-ment...

– Et des journaux !

– Lisette vous les donnera en même temps.

C'est-à-dire vingt minutes plus tard. Une maigre petite créature entra dans votre cabine, les yeux rouges et gonflés, reniflant dans son mouchoir.

– Pardon ! J'étais au téléphone.

Il était évident que les amours de Lisette se déroulaient mal. D'ailleurs, encouragée par vos sourires compatissants, elle vous fit ses confidences tout en vous beurrant la figure avec une pâte bleue de grains écrasés d'avoine biologique mélangés à des algues marines et adoucis-avec-de-l'huile-tibétaine (peut-être même bénie par le Dalaï-Lama).

L'amant de Lisette était marié. Il lui avait promis de divorcer. Maintenant, il hésitait. Ah ! les hommes ! Elle était folle de lui et de désespoir. Elle se demandait si elle n'était pas enceinte et faisait un test de grossesse toutes les deux heures.

Vous avez tenté de la consoler en hochant la tête et en poussant de petits grognements : vous n'aviez pas le droit de parler pour ne pas craqueler votre masque de beauté qui vous faisait ressembler à une momie aztèque.

– Restez sage. Je reviens vous enlever votre masque dans une demi-heure, soupira Lisette.

– ... journaux ! avez-vous murmuré sans bouger les lèvres.

– Je préférerais que vous ne lisiez pas, dit genti-

ment Lisette, vous êtes supposée vous détendre
« zen », les yeux fermés. Mais je vais vous apporter
quand même quelques magazines.

Voilà une chose qui était et qui reste toujours
impossible à imposer à votre nature agitée : une
détente « zen » en plein milieu de l'après-midi.
Vous avez saisi un journal. La punition fut immédiate. Vous l'aviez déjà lu ainsi que tous les autres.
Vous avez alors décidé d'occuper votre esprit en
faisant la liste des menus familiaux pour les jours à
venir.

Vous en étiez au mois d'avril et au gigot d'agneau
de Pâques quand Lisette réapparut. Avec le sourire.
Son amoureux lui avait téléphoné. Il jurait qu'il
allait parler à sa femme le soir même. Elle avait
confiance. Pas vous. Mais vous vous êtes bien gar-
dée de faire part de vos doutes à la pauvre inno-
cente.

– Pour l'épilation, par où je commence ?
– La moustache.

Parce que vous aviez – vous avez toujours – une
moustache.

Vous ne vous en étiez jamais aperçue jusqu'à ce
que Fille Aînée vous le révèle brutalement deux
jours plus tôt.

– Puisque tu as décidé enfin de dépenser tes sous
dans un Institut de Beauté, avait-elle remarqué,
légèrement narquoise, profites-en pour te faire épiler la moustache.

– Quelle moustache ? aviez-vous demandé, saisie.

103

– Ben, celle que tu as au-dessus de la lèvre supérieure. Papa dit que toutes les paysannes du Sud en ont une. Tu n'as jamais remarqué celle de Grand'Ma ? On aurait dit Errol Flynn.

Vous avez couru vous regarder dans la glace de la cuisine.

Si votre visage n'était pas encore orné d'un accessoire pileux digne du grand acteur hollywoodien, il était incontestable que quelques affreux petits poils noirs... oh, pas bien méchants, mais quand même... ombraient votre bouche.

Puisque vous aviez décrété un ravalement général, votre décision fut immédiate. En avant pour la moustache !

Lisette, à l'aide d'un pinceau, passa de la cire brûlante au-dessus de votre lèvre supérieure. Puis, sans avertissement, l'arracha d'un geste brusque, rrrraaaammmmm ! La douleur fut vive et inattendue. Vous avez poussé un grand cri perçant :

– Aïe ! Vous me faites mal !

– Bah ! Toujours un peu... Mais regardez, tous les poils sont partis avec la cire. Formidable !

Vous ne trouvez pas ça du tout formidable. D'accord, il faut souffrir pour être belle, mais il y a des limites.

– J'épile les jambes maintenant ? demanda Lisette.

– Cela va faire aussi mal ? vous inquiétez-vous lâchement.

– Heu...

104

– Alors, c'est non!
– Et le maillot?
– Le maillot?

Lisette se mit à chuchoter :

– Je veux parler du pubis.
– Quel pubis?
– Ben... le vôtre... Vous ne voulez pas que je vous le rase... comme à une jeune mariée arabe? Il y a des hommes qui adorent cela! Ou que je vous l'épile en forme de cœur : c'est très sexy.

Vous découvrez des horizons insoupçonnés de l'érotisme capillaire. Les poils du minou en forme de cœur! Cela devait être charmant en effet et affriolant! Encore que vous vous êtes demandée quelle serait la réaction de l'Homme. Pas sûr qu'il apprécie :

– T'es folle! Tu joues à la pute maintenant?

Et puis surtout l'opération devait être douloureuse, très douloureuse. Vous le voyez à la tête de Lisette.

Vous refusez.

Vous l'avez quelquefois regretté...

Quand vous êtes entrée chez le coiffeur, Monsieur Igor, entouré d'une cour de jeunes assistants débutants, était en train de terminer un échafaudage insensé de boucles perché sur le haut du crâne d'une dame plus très jeune mais extrêmement maquillée.

Vous avez calculé que vous en aviez une fois de plus pour une demi-heure d'attente et vous vous êtes assise tout près du Maître pour regarder le spectacle (et ne pas vous faire piquer votre tour).

Monsieur Igor était fasciné par son travail. Il dansait littéralement autour de sa cliente sans quitter une seconde des yeux ses cheveux magnifiquement teints en blond platine (les sourcils étaient restés châtains : une erreur, à votre avis). Puis, tout à coup, se jetait compulsivement sur une minuscule mèche qu'il coupait avec agitation. Ou sur une bouclette qu'il redressait nerveusement. Ou sur un nœud de ruban qu'il arrachait à droite pour le fixer à gauche.

Enfin, Monsieur Igor recula, contempla son œuvre et dit d'une voix émerveillée :

– Je crois que ça ira !

– Absolument parfait ! s'écria la cliente qui, elle-même en transe, avait suivi de ses yeux exorbités le travail du Maître.

Les assistants applaudirent.

La cliente se leva, embrassa Monsieur Igor sur les deux joues (« Merci !... Merci, mon chéri ! ») et se dirigea vers la caisse, escortée par l'artiste capillaire triomphant.

Vous n'en meniez pas large.

Vous saviez que dans les minutes suivantes, le Maître allait apercevoir votre maigre tignasse et ne pourrait empêcher son visage de se crisper de désolation. Peut-être n'imiterait-il pas néanmoins le célèbre Alexandre qui saisit un jour vos trois tifs qu'il tira en l'air en s'écriant, profondément écœuré : « Qu'est-ce que vous voulez que je fasse avec ÇA ? »

Monsieur Igor, lui, réussit à garder bonne contenance et vous adressa un sourire mielleux :

– Quel genre de coiffure désirez-vous que je crée pour vous ?

Vous (bourrée de complexes) : Oh ! Quelque chose de simple et qui tienne. Je sais que j'ai des cheveux épouvantables...

Le Maître (rassurant) : Mais non ! Mais non ! Vous sortirez d'ici transformée !

Il distribua les tâches à sa petite cour. A l'un une permanente gonflante des racines. Au deuxième des mèches blondes, au troisième l'épilation d'un de vos sourcils qui, paraît-il, n'était pas à la même hauteur que l'autre (allons bon ! vous aviez AUSSI la figure de travers), ce qui risquait de déparer la savante composition qu'il méditait. Puis il disparut boire une bière au café du coin.

Vous avez compris que vous ne l'inspiriez pas.

Cela ne vous étonna guère.

Deux heures plus tard, vous aviez fini le roman policier de P.D. James, que, prudente, vous aviez acheté à la librairie d'à côté. Et vous aviez la tête hérissée de frisettes tricolores (ventre de souris – votre couleur naturelle ; jaune jonquille – vos mèches teintes ; et blanches de l'âge venant, hélas !), les sourcils à la même hauteur et les ongles manucurés (pendant que vous y étiez).

Vous aviez eu un petit problème avec la manucure.

– Je vous mets un vernis de quelle couleur ? vous avait-elle demandé.

– Complètement transparent.

– Vous voulez dire rose nacré ?

– Non. Com-plè-te-ment trans-pa-rent.

– Cela ne va pas être joli ! J'ai un très joli rose nacré...

– Non. J'aime beaucoup la teinte naturelle de mes ongles, déclarez-vous fermement. Mauve. Je dois avoir un ancêtre noir. Bien que la rencontre d'une de mes grand-mères béarnaises avec un Ouolof semble problématique. Plutôt un guerrier maure du temps de l'invasion arabe. Bataille de Poitiers : 732.

La manucure avait écouté votre petit discours sans manifester le moindre intérêt.

– Alors, je mets quoi ? Je n'ai pas de vernis transparent.

– Deux couches de base.

Elle le fit, les lèvres pincées.

Monsieur Igor revint :

– A nous deux ! s'exclama-t-il, Rastignac de la coiffure.

Et il se jeta sur votre chevelure, brandissant peigne et ciseaux. Une heure plus tard, vous ne vous reconnaissez plus dans le miroir. Sur votre tête, une savante composition de cheveux gonflés et bouclés ; des accroche-cœurs, un petit chignon de toréador avec un catogan. Et une frange.

Vous vous étiez débattue au moment de la frange.

– Mon mari a horreur des franges.

– S'il fallait écouter tous ces messieurs les maris, on ne s'en sortirait pas, répliqua gaiement Monsieur Igor. Ne vous en faites pas : il va adorer.

Il n'adora pas.

D'abord, il commença par ne pas voir, en rentrant le soir, qu'il avait une nouvelle femme coiffée, teinte, épilée, massée, manucurée. Il se jeta sur le canapé avec son journal en disant comme tous les jours :

– Saloperie de journée ! Les gens sont vraiment des cons.

– Tu ne remarques rien ? soufflez-vous d'une voix que vous essayez de rendre rauque et sensuelle (style Marlene Dietrich).

– Quoi ?

L'Homme regarda le chat qui ronronnait sur le canapé :

– Tu as emmené Melchior se faire toiletter ?

– Non. Moi !

Il vous jeta un coup d'œil et poussa un cri d'horreur.

– Nom de Dieu ! Tu t'es encore coupé la frange ! Tu sais pourtant que je déteste ! Tu as un beau front : il faut le dégager. C'est pourtant simple à comprendre...

– Ça change un peu, non ? avez-vous murmuré, misérable.

– Voilà bien un truc de bonne femme : changer à tout prix. Moi, je t'aime mieux avec tes petits cheveux plats. Quel est le connard qui t'a fait cette choucroute que tu trimbales sur le crâne ?

109

– Un grand coiffeur-visagiste.

– Je ne le félicite pas : tu ressembles à une mémère bourgeoise dans un salon de thé.

L'horreur, quoi !

– Ne t'en fais pas. Tout sera retombé demain, avez-vous marmonné.

Voilà une chose que vous reprochez violemment aux coiffeurs. Ils vous coupent les cheveux un par un avec force gesticulations, vous vaporisent d'eau glacée, vous brossent, vous bouclent, vous laquent. Vous sortez de chez eux toute contente avec une mignonne petite coiffure qui...

... pffffftttt...

... aura complètement disparu dès le matin suivant.

Envolées les mèches souples et gonflées. Parties les boucles ondulées sur la nuque et les oreilles. Aplatie la frange. Vous vous retrouvez de nouveau avec vos trois tifs raides et plats jusqu'à ce que vous retourniez chez le coiffeur cinq semaines plus tard.

Vous avez pris alors deux grandes résolutions.

La première, difficile : interdire à votre nouveau coiffeur, Monsieur Jean-Loup, spécialiste des cheveux courts, tout brushing.

– Je veux sortir d'ici coiffée comme je le serai demain et dans les semaines qui suivent. J'en ai marre des coiffures qui durent l'éclair d'une soirée.

Et s'il tente de saisir en douce un Babyliss ou un vapo de laque, vous pincez son bras grassouillet.

110

Avec cette méthode, naturellement, vous n'avez jamais votre chevelure bichonnée comme celle de Liz Taylor, mais vous vous épargnez trente-cinq jours de déception.

Deuxième résolution : plus grave. Après avoir calculé le montant des dépenses folles en produits et soins de beauté pour une seule année et, pis, le nombre d'heures d'un ennui total passées à vous papouiller et à vous faire papouiller partout, vous êtes arrivée au chiffre effrayant de neuf cent quarante-six heures, soit un mois et neuf jours par an. Vous avez décidé d'arrêter toutes ces extravagances.

Et de les remplacer par les formidables objectifs suivants :

– faire le tour du monde,

– croiser dans les îles Grenadines sur une goélette,

– acheter une ferme en ruine entourée de bois et la retaper pierre par pierre en vingt ans,

– ne plus prendre le métro mais des taxis – ou marcher à pied,

– économiser le prix de la 4 × 4 Toyota rouge de vos rêves,

– lire trois cent soixante-cinq bons bouquins par an (en admettant qu'ils existent).

Vous avez vécu très heureuse. Fini de vous crémer, graisser, uvéter, frotter, tapoter, tirer, pincer, gommer, brusher, teindre, blusher, sprayer, épiler, masser dans le sens des aiguilles d'une montre, masser dans le sens inverse des aiguilles d'une montre, peser, dynamiser, re-peser, lotionner, re-re-peser, etc., etc. Pas de gym, de jogging, de chirurgie esthétique. Vous avez même abandonné les régimes, insouciante de votre corps, confié au seul soin de Dame Nature.

Mais ce soir, vous regrettez amèrement votre attitude irresponsable.

– Folle que tu étais! siffle Pieuvre Géante, tu as oublié que la société rejette, même professionnellement, les femmes quand elles ne sont plus jolies ni désirables. L'Education Nationale a renvoyé une excellente femme de ménage sous prétexte qu'elle pesait cent kilos. Peut-être ton éditeur va-t-il en faire autant avec toi?

– Qu'est-ce que je vais devenir? pleurnichez-vous.

– Rien, ricane Pieuvre Géante, qui en profite pour vous serrer le plexus à vous étouffer une fois de plus, tu es bonne pour la poubelle, le bridge et les feuilletons télévisés idiots.

– Pitié!

Pieuvre Géante : Pas de pitié! Tu l'as voulu, ma Rosalie! Sans compter que l'Homme risque aussi de t'abandonner comme une vieille serpillière pour une jeune créature à la peau fraîche et à la taille mince. Le démon de midi, tu en as entendu parler?

Vous (affolée) : Non! Non! Ce n'est pas son genre!

Pieuvre Géante : Pauvre idiote! Il te trompe déjà sûrement avec Florence...

112

Vous : Elle est plus vieille que moi !

Sœur Anxiété (apparaissant en robe blanche de fantôme) : Oui, mais c'est une garce. Et les hommes adorent les garces. Celles qui les mènent à la baguette. Qui les transforment en carpettes. Qui les piétinent...

Vous : C'est vrai ! Ma mère m'avait déjà prévenue. Hélas, j'ai toujours eu une nature de brave pomme.

Sœur Anxiété : Cela t'a servie à quoi d'être bêtement honnête ?

Vous : A rien ! Mais tu vas voir. Moi aussi, je peux devenir méchante !... Téléphoner toutes les nuits à cette saloperie vivante en déguisant ma voix et en l'insultant : « Pute ! Traînée ! Merde puante ! Tu vas crever à petit feu... »

Pieuvre Géante : Trop tard ! Trop tard ! Il t'a déjà trompée avec cette pétasse.

Sœur Anxiété : ... et dans ton propre lit !

Vous (perdant la tête) : Si je la trouve dans mon lit, cette charogne, je la fous dehors en la traînant nue par les cheveux dans l'escalier ! Et jusqu'à la rue où je la jette dans le caniveau. Tout le quartier s'en souviendra. Là, je lui arrache les yeux ! Je la découpe en morceaux saignants avec mon Laguiole de poche... je...

Slurp ! la porte de la salle de bains s'ouvre. Paraît l'Homme. Dans la tenue d'Adam également. Il bâille.

L'Homme : J'ai soif. (Ton surpris.) Qu'est-ce que tu fous là, toute nue, devant la glace ?

113

Vous : Heu... j'étais en train de me dire que c'était vache de vieillir.

L'Homme (soupirant) **:** A qui le dis-tu ! Mais ne t'en fais pas. Je serai dans un fauteuil roulant avant toi.

Vous : Formidable ! Je te pousserai. Et quand tu commenceras à gâtouiller, je te flanquerai dans la Seine.

L'Homme : Je sais que tu le feras, vipère lubrique !

Et il vous tord le nez en souriant, signe chez lui d'une déclaration passionnée.

Vous (oubliant Florence, votre jalousie brûlante, votre angoisse d'être abandonnée, tout ce qui n'est pas votre amour fou pour ce sale type) **:** En attendant, je t'aime toujours, espèce de vieux crabe !

L'Homme (taquin) **:** Tu n'as pas honte, à ton âge, de te conduire en midinette...

Vous : Si. Mais c'est exquis.

L'Homme : Si on allait fêter ça d'un verre de vin rouge ?

Voilà l'avantage de ne plus avoir d'enfants à la maison. On peut se promener tout nus dans les couloirs.

Vous tenant par la main, vous vous rendez paisiblement à la cuisine déboucher un bon vieux Saint-Estèphe et bavarder de tout et de rien.

Pieuvre Géante a disparu. Sœur Anxiété aussi.

Pour l'instant.

Un instant bon à prendre.

Délicieux.

CHAPITRE 7

Miracle. Les petites pilules du docteur D. et vos longs entretiens vous font du bien. En ce qui concerne les médicaments, vous avez un petit problème. Il vous arrive d'oublier si vous les avez pris ou pas. Vous avez beau vous torturer la mémoire : le vide. Tant pis. Vous en reprenez une fois de plus. Vous préférez avoir l'estomac barbouillé plutôt que des papillons noirs plein la cafetière.

Vous recommencez à travailler un peu, à vous laver les dents, à vous coiffer. Sœur Anxiété vous rend moins souvent visite. Vous osez traverser le boulevard, entrer dans les magasins. Bref, le moral vous revient lentement...

... jusqu'au moment où vous avez l'idée folle de grimper sur votre balance et de vous peser.

Cinq kilos ! Vous avez grossi de cinq kilos ! En plus des dix que vous aviez déjà en trop !!!

Vous n'en croyez pas vos yeux. Cette ordure de balance ne marche évidemment pas. Vous en redescendez. Vous la réglez minutieusement, vous remontez dessus.

Toujours cinq kilos de trop !
Mais où sont-ils ces cinq nouveaux kilos ?

Sur votre ventre.

Au secours ! Vous êtes obèse du ventre.

C'est la faute des crèmes glacées.

Depuis un certain temps, votre fringale de chocolat et de vin rouge a été remplacée par une boulimie de glaces. Au rhum et aux raisins secs macé-
rés dans du rhum (ô que c'est bon !). Au nougat et
au miel. Au chocolat et aux amandes. A la vanille
et aux pralines. Etc.
De nuit comme de jour, l'envie violente explose
en vous.
Pieuvre Géante (elle est toujours là, celle-là,
bien enlacée autour de vous. Sa voix reflète cependant une certaine gaieté) : Qu'est-ce que tu dirais
de goûter un peu de Délicissime à la fraise avec
des morceaux de fruits ?
Vous : Arrête de me tenter. Tu sais que c'est mal
de grignoter entre les repas. Ton boulot, si tu étais
sympa, ce serait de bloquer le frigo avec tes sales
longues papattes et de me crier : « Non à l'obésité ! »... « Stop à la bouffe ! »... « Halte à la crème
glacée sucrée ! »

116

Pieuvre Géante : Bah! juste une cuiller à soupe! Cela ne peut pas te faire grossir. Et ce serait si bon : frais... fondant... doux...

Vous : Non! *Vade retro Octopus!*

Vous vous retrouvez en train de courir à la cuisine, d'ouvrir le congélateur, de mettre trois grosses cuillers à soupe de glace aux marrons (vous adorez) dans un petit bol japonais.

Vous revenez déguster sur le canapé du salon. Délicieux! Vraiment délicieux!

Mais vite avalé.

Pieuvre Géante (voix enveloppante) : Tu n'as même pas eu le temps de sentir le goût! Si on prenait deux autres cuillers...?

Vous (soupirant) : Quand je pense que Pavarotti a trois gardes du corps juste pour l'empêcher d'entrer dans les pâtisseries et d'ouvrir son frigo! Et moi, je dois faire face toute seule au diable.

Quatre fois, vous faites l'aller et retour entre le canapé du salon et la glace aux marrons qui disparaît dans votre panse de bisonne gourmande.

Le pire, c'est que vous n'éprouvez nul remords (il viendra, cette nuit, à pas de loup). Vous vous sentez délicieusement bien. Le ventre bien rond et confortable, l'esprit égayé par le sucre.

Mais le résultat final est là :

... un bidon de femme enceinte de sept mois... un énorme œuf colonial... un estomac géant d'autruche...

... plein de crèmes glacées!

Pour être honnête, vous avez toujours eu des problèmes de « surcharge pondérale », comme on dit poliment de nos jours (c'est quand même plus joli que « grosse pouffe » ou « grasse du bide » ou « maxi-obèse »). Et aux Etats-Unis, grâce au langage politiquement correct, il n'y a plus de « boulottes empâtées » mais des « personnes possédant une image corporelle alternative ». Ah mais !

Déjà toute petite, vous étiez bien potelée et gourmande comme une chatte. Vous vous postiez tous les soirs à six heures devant la bonnetière où votre grand-mère venait chercher, pour le dessert du dîner, les petits sablés enfermés dans une boîte en fer. Et, tout en vous disant : « Cela va te couper l'appétit pour le dîner », elle vous en glissait un que vous croquiez avec délices. Rien ne vous coupait l'appétit. Même plus tard, pendant la guerre, quand les Bonnes Sœurs du couvent vous servaient des haricots blancs, des lentilles, des pois chiches bourrés de charançons. Vous vous contentiez d'écraser les féculents en question, d'orner le bord de votre assiette d'une jolie guirlande de charançons et de dévorer gaiement le reste (même chose pour les pâtes aux petits asticots blancs).

Sauf pendant de courtes périodes dans votre vie, vous avez toujours été joyeusement dodue, ce qui vous a souvent gâché l'existence. La tyrannie de la maigreur est telle, en effet, qu'il est préférable de nos jours de ne pas se montrer bonne vivante à table et au lit (ça va généralement de pair), mais de survivre sans cholestérol et même sans plaisir

118

sexuel. D'après une récente enquête de l'IFOP, soixante pour cent des femmes interrogées indiquaient que leur souci numéro un était leur poids et dix-sept pour cent seulement se préoccupaient de leur épanouissement érotique. On croit rêver !

Vous, vous avez toujours adoré bouffer (et le reste). Du cassoulet au caviar en passant par le hamburger Mac Donald's et même le sandwich dit auvergnat (fabriqué en deux coups de couteau : le premier pour étaler le beurre, le deuxième pour l'enlever).

Malheureusement, la mode n'est plus aux Rubens, Renoir, Vénus callipyges, Maillol. Mais aux Modigliani. Et vos copines, même les plus gentilles, ne vous épargnent pas leurs petites piques (pour votre plus grand bien, prétendent-elles) :

– Tu devrais maigrir... cela t'irait mieux.

– Dis donc, tu n'as pas grossi pendant les vacances ? Tu ressembles à un Botero.

– Tu as bien « profité » depuis la dernière fois que je t'ai vue (la vieille tante de province).

– Fais gaffe à ton cholestérol : c'est le tueur numéro un.

– Tu rajeunirais de dix ans si tu perdais dix kilos !

Celles que vous haïssez, ce sont les maigres triomphantes qui dévorent trois fois ce que vous avalez en un repas, y compris la tarte aux pommes caramélisée avec une boule de glace à la vanille dessus, et restent minces comme un haricot vert. Et qui rigolent quand vous le leur faites remarquer aigrement :

– Moi, je peux manger tout ce que je veux ! Je grossis pas d'un poil !

Au bûcher, les sorcières !

Il paraît que beaucoup de femmes, pour garder la ligne, se font vomir après un bon repas. Dégoûtante horreur. Châtiment après le plaisir. Il est vrai que la minceur étant la nouvelle religion, comme la plupart des religions elle aime punir (si ce n'est pas de la haute philosophie, ça, c'est quoi ?).

A noter que les « surchargées pondérales » sont en train de se révolter. Toujours aux Etats-Unis, elles ont créé une Association pour la Défense des Grosses (Naafa). Qui organise des journées anti-maigres où l'on brûle les livres et les vidéos des papesses des Régimes, style Jane Fonda. Où l'on détruit les pèse-personne en public à coups de marteaux. Où l'on bombarde de petits biscuits Brownies les réunions des Weight Watchers. Vous, vous rêvez de tartiner de beurre de cacahuète le squelettique top-model Kate Moss et de lui faire descendre toute nue les Champs-Elysées au cri de : « Les grosses sont belles » *(Fat is beautiful!)*

Pour en revenir à votre cas – banal –, régulièrement, vous craquez.

Vous commencez un régime.

Surtout au printemps où TOUS les magazines féminins éditent avec un bel ensemble et la même semaine (s'espionnent-ils les uns les autres ?) un

120

« SPÉCIAL MAIGRIR AVANT LES VACANCES »
avec photos de mannequins faméliques. Ou à
l'automne, un cahier « LA MINCEUR POUR TOUS
APRÈS LES VACANCES », accompagné de phrases
exaspérantes telles que : « Perdre du poids est à la
portée de n'importe qui ». (Si vous teniez le crétin
qui écrit des imbécillités pareilles, vous iriez
l'étrangler devant son ordinateur.)

C'est fou le nombre de régimes qui existent.
Entre autres :

... Le **Scarsdale** (pas un gramme de beurre ni
une goutte d'huile d'olive).

... Le **Mayo** (rien que des œufs durs).

... Le **Montignac** (foie gras mais sans pain ni
jamais jamais de frites).

... Le **Sulitzer** (du nom de l'écrivain qui a perdu
vingt-six kilos en sept mois, écrit un livre... et
repris du poids).

... Les **Weight Watchers** (réunion hebdomadaire
de grosses dames qui s'avouent mutuellement leur
goinfrerie).

... Une **méthode récente américaine** : ablation
partielle de l'estomac réduit à ne recevoir jusqu'à
la fin de sa vie que cinq cents grammes de nourriture par jour. Quel cauchemar !

... Une **méthode canadienne** : injection d'une
hormone prélevée dans les urines d'une femme
enceinte (Beurk !).

... Une **recette forme/santé** de Wang Junxia, un
coureur olympique chinois : manger des lombrics
vivants au petit déjeuner. Les lombrics vivants – de

simples vers de terre que l'on trouve partout – sont, paraît-il, bourrés de protéines. Personnellement, vous préférez les escargots cuits avec beaucoup d'ail, du persil et du vin blanc sec. Tant pis pour les protéines.

Tous ces régimes et dix mille autres sont accompagnés de millions de conseils : Monter vos escaliers à pied – même au quarante-deuxième étage avec trois tonnes de paquets. (Et une bonne sciatique, le lendemain.) Nager tous les jours une demi-heure de piscine en eau froide (bonjour la bronchite). Aller à votre bureau parisien à vélo (vivent la pollution et les crises d'asthme). Mâcher quatre-vingt-dix-sept fois la moindre bouchée de nourriture (tant pis si vous êtes en retard au bureau en question). Multiplier les ébats amoureux à quatre cents calories (« Viens, chéri, j'ai besoin de perdre un peu de cellulite »). Etc. Etc.

Quant à vous, vous n'avez essayé que :

– **Le jeûne complet pendant dix jours** dans une clinique espagnole. Séjour follement coûteux (moins on mange, plus c'est cher) et d'un ennui écrasant. Au retour, vous avez repris en trois jours ce que vous aviez mis dix jours de torture à perdre.

– **Le régime basses calories personnalisé** mis au point pour vous par une nutritionniste de choc avec ordre d'inscrire sur un petit carnet TOUT ce que vous avaliez jour et nuit. Y compris une mouche égarée dans votre gosier. Vous devez avouer que vous avez eu parfois envie de tricher :

122

« Et si je ne la notais pas, cette tranche de saucisson que j'ai piquée à l'Homme ? Elle était si mince... Ce n'est pas un pauvre bout de croûton de baguette qui va me faire grossir ! Tout le monde le croque ! »

Eh bien non, vous avez été honnête à cent pour cent. Ce qui ne vous a pas empêchée de vous faire engueuler par la nutritionniste :

– Qu'est-ce que je vois ? Vous avez mangé à quinze heures quarante-sept, mardi, un haricot vert en salade ? Avec huile et vinaigre ! C'est ça que vous appelez suivre un régime ?

Terrorisée, vous avez perdu six kilos en cinq mois. Vous les avez repris les mois suivants. Vous êtes allée vous plaindre à la nutritionniste. Elle vous a regardée d'un air surpris :

– Mais avec la tendance à l'embonpoint que vous avez, c'est toute votre vie que vous devez suivre un régime !

– Vous voulez dire que je ne pourrai jamais boire plus d'un verre de vin rouge par jour et ne manger qu'un seul millefeuille par an ?

– Oui.

– Autant entrer chez les Carmélites !

La doctoresse vous fit comprendre qu'elle s'en foutait. Une file de grosses dames hystériques d'impatience attendait à sa porte. Vous n'êtes jamais retournée chez cette Carabosse.

– Le **régime Slimfast**. Votre préféré. Malheureusement, vous ne pouvez vous abstenir d'ajouter au délicieux verre de chocolat un melon

123

en guise de crudité et quatre petits biscuits Lu trempés dans votre café (pieusement sucré à la saccharine pour compenser le sucre des petits Lu).

Quant aux autres régimes, vous avez laissé tomber avant de commencer. Vous n'avez jamais été capable de vous rappeler de votre vie entière la différence entre lipide et protide, le nombre de calories d'un œuf, ni de calculer votre poids idéal à l'aide de statistiques compliquées (sans compter le système d'un certain docteur Guérineau à base de 9 1/4 d'assiette : impossible de vous débrouiller avec vos 9 1/4 d'assiette).

De toute façon, vous savez que vous avez dix kilos de trop plus cinq maintenant, égale quinze. Que vous ne pouvez les perdre qu'en vous affamant à grimper aux rideaux. Et que vous les reprendrez lentement et sûrement rien qu'en mangeant normalement. Or que vaut une vie sans *spaghetti carbonara*, ni carré d'agneau des Pyrénées garni d'un moelleux gratin dauphinois, ni cassoulet au confit d'oie, ni entrecôte marchand de vin accompagnée d'une montagne de frites croustillantes ?

Vous avez donc décidé de vivre gourmande en caleçon – avec un élastique à la taille – et en chandail d'homme XXL. L'Homme n'a fait aucune remarque.

Et puis, récemment, vous avez lu, ô merveille, que l'obésité pouvait avoir une cause génétique. Grâce à une hormone, la leptine, des chercheurs ont fait perdre à une grosse souris quarante pour cent de son poids. Fabuleuse perspective. Grâce à cette divine leptine, vous allez pouvoir maigrir de trente kilos en un mois ! Et vous aurez enfin la silhouette décharnée à la mode. Hourra !

En attendant ce moment béni, vous devez cependant faire face à un terrible problème qui vous pourrit en partie la vie : vous ne pouvez pas suivre la mode.

Vous n'entrez dans aucun vêtement féminin, dans aucune boutique normale, de Naf-Naf à Chanel.

Vous le savez dès que vous mettez le pied dans le magasin où vous avez aperçu une robe ravissante dans la vitrine.

La vendeuse vous jette un bref coup d'œil... et ne se dérange pas pour venir vous demander ce que vous désirez. Elle sait que c'est inutile. Vous vous approchez d'elle, timidement :

– Est-ce que vous auriez ce modèle à ma taille ?

La vendeuse (avec hauteur) : Nous ne dépassons pas le 40 ! (quand ce n'est pas le 38...).

Vous vous enfuyez honteusement.

Un détail vous semble encore plus inexplicable.

Que toutes les femmes soient devenues minces grâce à des régimes d'enfer qu'elles suivent avec une volonté d'acier que vous n'avez pas, soit. Mais comment ont-elles aussi perdu leurs épaules carrées, leurs hanches à l'ossature maternelle, leurs larges dos musclés ? Par quel miracle de la nature sont-elles devenues non seulement maigres, mais ÉTROITES... ?

Il vous est arrivé un jour un curieux incident. Pendant une période où vous étiez mince, même maigre (mais oui! Grâce à une typhoïde suivie d'une jaunisse qui vous avaient amenée au bord de la mort), l'Homme décida de vous offrir un ravissant petit ensemble sur mesure à la boutique Cardin. Le grand chic. Vous étiez folle de joie. Un tailleur, armé de son mètre, prit vos mesures et la vendeuse vous jura de vous rappeler très vite pour le premier essayage. Le téléphone sonna dès le lendemain. La vendeuse était effondrée :

– Le retoucheur s'est trompé dans ses mesures. Pouvez-vous repasser? Vraiment, nous nous excusons, etc.

Vous y courûtes l'après-midi même.

Le tailleur réapparut avec son mètre et reprit les mesures de votre dos. Puis parut stupéfait :

– Mais non, je ne m'étais pas trompé...! marmonna-t-il. Incroyable!

– Que se passe-t-il? avez-vous demandé, inquiète (peut-être une bosse vous était-elle poussée dans la nuit?).

– Vous avez un dos... heu... très large... pardonnez ma remarque... je dirai même d'une largeur peu courante...

Allons bon! Vous aviez déjà tendance à l'embonpoint, et voilà maintenant que vous étiez bâtie comme une athlète russe hormonée.

– Peut-être Madame est-elle très sportive? bêla la vendeuse.

– Heu... pas tellement! Ah si! Quand j'étais adolescente, j'ai été championne de crawl!

126

Ouf! Le sourire du tailleur et de la vendeuse vous apprit que vous n'étiez pas une monstresse callipyge de la préhistoire. Juste un phénomène de foire.

Il existe de plus en plus de boutiques pour « Femmes Fortes ». Hélas, leurs modèles vous plaisent rarement. Curieusement, ces maisons vous bombardent de leurs affreux catalogues, ce qui vous laisse perplexe. Comment savent-elles que vous traînez une belle surcharge pondérale ? Comment vous ont-elles repérée ? Vous ont-elles suivie dans la rue ? Qui a cafté votre adresse ? Une amie « qui vous veut du bien » ? La vieille dame d'en face derrière son rideau ? Bref, quelqu'un que vous aimeriez empoisonner aux carottes râpées/vinaigrette au cyanure.

On comprendra que vous vous livriez très rarement aux joies du shopping. Quoi qu'il en soit, vous avez un terrible défaut : vous ne savez pas acheter ce qui vous va. Vous avez l'art de vous précipiter sur un peignoir de bain jaune vif qui vous donne l'aspect d'une sucette au citron. Ou sur un pull à énorme col roulé sur lequel votre tête repose comme un œuf sur son nid. Ou sur une blouse en dentelle mexicaine dans laquelle vous avez l'air enroulée dans un rideau de W-C. Vous vous consolez en pensant aux économies que vous faites et au temps que vous gagnez en n'arpentant le Faubourg-Saint-Honoré qu'une fois par an.

Le seul intérêt d'avoir dix kilos de trop (plus cinq), un gros bedon, un double menton, c'est d'éviter l'excès de rides. Les gueules ravinées sont le lot des maigres, ce qui vous enchante toujours.

Vous, vous avez une tronche ronde et lisse comme une lune et sans pattes-d'oie. Ha! Ha! Juste deux petits sillons dus à la maternité selon la phrase célèbre : « Les rides sont héréditaires. Mais ce sont les enfants qui les transmettent aux parents. »

Vous étiez, l'autre jour, en train de vous examiner avec attention dans la glace (décidément, vous ne vous êtes jamais autant « mirée » de votre vie) quand une idée idiote vous a traversé l'esprit.

Quel âge faisiez-vous ?

Impossible de vous répondre à vous-même.

Vous, c'est vous. Une personne floue, au nom de laquelle vous vivez mais dont vous ne savez pas grand-chose. Vous êtes toujours épatée d'entendre les gens assurer : « Moi, je me connais bien... » et de voir les caissiers de cinéma approuver quand vous demandez « une place troisième âge » au lieu de protester : « Mais, Mademoiselle, vous n'avez pas l'air d'avoir plus de vingt ans »...

A ce moment de vos réflexions, Petite Chérie a passé la tête dans la salle de bains :

128

– C'est toi qui as acheté des yaourts aux fraises ?
– Non. C'est le lutin farceur de la cuisine. Dis donc, puisque tu es là, donne-moi ton avis : quel âge je fais ?

Petite Chérie (très embêtée) : Ben... je sais pas ! Je suis incapable de donner un âge aux gens.

Vous (suppliante) : Essaie ! C'est très important pour moi.

Petite Chérie (de plus en plus gênée) : C'est pas de jeu ! Je connais ton âge !

Vous (têtue) : Honnêtement ! Tu peux me dire la vérité. Est-ce que tu trouves que je le fais... mon âge ?

Petite Chérie (précipitamment) : Non ! Non ! Absolument pas ! Tu fais dix ans de moins.

Son nez remue et elle a le regard fourbe.

Elle ment.

Vous êtes atterrée. Ainsi, vous n'avez pas l'air d'une adolescente rondouillarde et primesautière mais d'une grosse dadame déguisée en petit garçon avec ses caleçons et ses pulls d'homme XXL. Quelle tristesse !

Allez ! Juré, craché ! Dès demain, vous allez commencer un régime draconien et entreprendre un ravalement sérieux de votre corps à base de crèmes, de massages dans les meilleurs Instituts de Beauté, et peut-être même essayer la chirurgie esthétique.

Parfaitement.

Vous allez rentrer dans le rang. A vous l'amincissomania ! Comme tout le monde.

– Je préférerais que vous attendiez d'être complètement guérie, dit Psy.

– Mais je me sens très bien.

– Vous connaissez le mot de Jules Renard ? « Il y a des moments où tout vous réussit. Il ne faut pas s'effrayer. Ça passe. »

– Mais quand est-ce que je serai **complètement** guérie ?

– Bientôt... Bientôt...

C'est loin, « bientôt »... !

CHAPITRE 8

Pour vous aider dans votre lutte contre la déprime, outre les médicaments, vous avez acheté une pile de livres : *Halte à la mélancolie...*, *Les Maladies psychosomatiques...*, *Je vais craquer...*, *Dites non au stress...*, *Je suis déprimée mais je me soigne...* Etc. Vous y apprenez des choses passionnantes.

« LE STRESSÉ EST INCAPABLE DE SE REPO- SER SANS SE SENTIR COUPABLE *. »

C'est votre cas.

Tous les matins, vous travaillez de cinq heures à midi. Après le déjeuner, vous lisez la presse et découpez les faits divers et anecdotes qui peuvent vous inspirer. Puis vous sortez en courant faire les courses de la maison, ce que vous considérez comme un boulot très embêtant (vous haïssez les tâches ménagères. Pardon, sainte Marthe !).

* Cf. Michèle Lemieux, *Dites non au stress*, Editions Quebecor.

Ce n'est que vers seize/dix-sept heures que vous pouvez enfin vous plonger avec bonheur dans votre occupation favorite : dévorer un bouquin.

Moment que choisit la femme de ménage pour passer l'aspirateur dans un grondement infernal. Votre première réaction est l'exaspération. Pourquoi diable Maria (ou Janine) n'a-t-elle pas fait marcher son engin diabolique pendant que vous étiez sortie, ainsi que vous le lui avez recommandé mille fois ? Vous décidez d'aller lui dire son fait.

Non.

Parce qu'un immense sentiment de culpabilité vous a envahie.

Quoi ? Vous êtes délicieusement allongée sur votre canapé et vous vous reposez pendant que cette malheureuse créature travaille !

Quelle honte !

Que doit-elle penser, la pauvre femme ?

Que vous êtes une sale riche paresseuse. Qui se prélasse sur son Chesterfield pendant que le peuple sue sang et eau ! Naturellement, si vous raisonnez, vous devez reconnaître :

a) Que le peuple en question ne sue pas tellement sang et eau. Il promène nonchalamment votre vieux Tornado en évitant les coins des pièces et les dessous des fauteuils. Ensuite, il passera un chiffon çà et là, laissant des plages de poussière autour des lampes et les toiles d'araignée dans l'angle des fenêtres. Surtout à la campagne. Janine, une paysanne pourtant, a horreur de ces bestioles et refuse d'y toucher. Vous vous tapez la

corvée sans récrimination : le peuple est suscep-
tible en ce qui concerne les avantages acquis et si
Janine se mettait en grève comme les fonction-
naires, vous seriez bien emmerdée.

b) Vous avez travaillé depuis l'aube autant et
plus que le peuple.

Qu'importe.

Vous vous sentez une odieuse garce d'être étendue mollement sur votre divan quand il gémit (le
peuple, pas le divan) sous le joug du capitalisme.

Bref, vous craquez. Vous vous levez et vous allez
ranger vos torchons.

Autre passionnante observation dans le livre
Dites non au stress :

« DANS LA VIE DE CETTE PERSONNE
(VOUS), IL Y A PEU DE TEMPS POUR LA
RÉFLEXION SUR SOI. »

Exact aussi, hélas !

Vous ne vous penchez absolument jamais sur
vous-même.

Du coup, vous ignorez qui vous êtes, vos
défauts, vos qualités (si vous en avez).

Cependant, vous n'avez pu vous empêcher de
noter chez vous quelques légères imperfections.
Vous êtes follement jalouse en amour, vous ne
pouvez le nier. Mais la jalousie n'est-elle pas naturelle quand on aime ? Madame Tolstoï se déguisait
en paysanne pour suivre son mari dans les bois et

133

épier ses moindres mouvements. Il lui arrivait de se rouler par terre en hurlant, un flacon d'arsenic entre les dents. Votre jalousie à vous (plus modeste) ne vous a pas encore conduite à de telles extrémités.

Vous êtes assoiffée d'affection. Est-ce un défaut? Si oui, vous le partagez avec vos chiens et votre chat.

Vous êtes têtue comme une bourrique béarnaise. En compensation, votre obstination bornée vous a aidée dans la vie. Si, si.

Autant vous êtes travailleuse dans votre vie professionnelle, autant vous êtes paresseuse dans les activités qui vous assomment comme rôtir un poulet et desservir le dîner (plus vous vieillissez, moins vous rôtissez de poulets et c'est l'Homme qui dessert le dîner. Avec l'âge, lui, il devient de plus en plus gentil. Vous avez bien fait de ne pas le quitter).

Pour en revenir à vous, finalement, vous n'avez pas tant de défauts que ça... Il y a même des jours où vous vous demandez si ce n'est pas vous, l'ange Gabriel (parfaitement!).

Pour vous en assurer, vous demandez à Petite Chérie :

– Trouves-tu que j'ai beaucoup de défauts?

– Ben... quelques-uns! répond-elle ingénument.

Vous restez stupéfaite.

– Ah bon! Lesquels?

Votre fille cadette ne manifeste brusquement aucune ardeur à vous révéler vos mauvais côtés.

134

– Ah non ! Si je te le dis, tu vas me faire la gueule pendant six mois !

– Moi ? Je ne fais jamais la gueule plus d'une heure !

– C'est vrai. Mais pendant ce temps-là, tu hurles...

– Tu veux dire que je suis coléreuse ?

– Ben... ouais !

– Tu exagères ! Je ne crie pas beaucoup, remarquez-vous, vexée, seulement quand je trouve la salle de bains dans un état pas possible.

Car tous les membres de votre famille – même bénéficiant de baignoires chez elles comme vos filles – adorent curieusement prendre leur bain chez vous. Ils en profitent pour agrémenter joyeusement le carrelage d'énormes flaques d'eau où flotte votre linge de toilette transformé en éponges. L'Homme, lui, possède la faculté inouïe de déplacer un volume d'eau supérieur à celui qui est dans la baignoire. Quant aux serviettes chacun possède les siennes d'une couleur bien précise et brodées de son nom en lettres énormes. Rien à faire. Vos chéris n'aiment utiliser que vos jaunes à vous, éventuellement pour essuyer par terre dans un bel élan de propreté.

Ce qui vous met, vous devez l'avouer, dans une violente colère. Il n'y a pas très longtemps, vous avez éprouvé une folle envie de larder de coups de ciseaux à ongles les fesses nues de votre époux qui piétinait votre cher peignoir de bain – jaune – en guise de tapis. La tentation fut si forte que vous avez écrit une lettre au docteur D. pour l'avertir de vos pulsions assassines. Celui que vous appelez désormais dans le secret de votre cœur : « Psy Bienaimé » vous renvoya par retour du courrier une lettre apaisante, doubla votre ration de Nortrilène 25 et vous assura gaiement que si vous poussiez vos colères jusqu'à l'homicide, il vous ferait un certificat pour le Tribunal...

Bon, d'accord, vous êtes un peu coléreuse.

– Et puis quoi encore ? insistez-vous auprès de Petite Chérie.

– Mais je ne sais pas, moi ! s'exclame votre fille devenue prudente comme un serpent.

– Ecoute : je te promets que je ne te ferai aucun reproche. Juré, craché ! Mais c'est très important que je connaisse mes défauts. J'ai parfois l'impression que je n'en ai aucun.

Petite Chérie ricane franchement :

– Tiens, par exemple, tu es très autoritaire.

– Moi ? Pas du tout ! vous écriez-vous avec indignation. Je le suis beaucoup moins que toi. Et que ta sœur aînée.

– Tu rigoles ?

Vous réfléchissez honnêtement. Enfin, presque.

– C'est vrai que quand vous étiez petites, j'ai pu avoir l'air... heu... catégorique... parce que j'avais horreur de perdre des heures à vous expliquer pourquoi il fallait faire ceci et pas cela. J'étais toujours trop pressée...

– Mais ça continue ! Quand on est chez toi, il faut faire ce que tu dis.

– Normal, non ? Chez moi... c'est chez moi !
Chez vous, vous agissez comme vous voulez. Tu as
remarqué que je ne fais plus jamais de remarque
sur le désordre qui règne dans ton petit studio...

– D'accord, tu ne dis rien. Mais si tu voyais tes
yeux ! Ils parlent, tes yeux !

– La prochaine fois que tu m'inviteras, je met-
trai des lunettes noires ! Quant à ta sœur, elle
m'engueule de ne pas être la mamie-confitures-de-
conte-de-fées de ses rêves, parce que je ne sais pas
faire cuire une tarte. Que je déteste jouer au
Monopoly. Ou sautiller en rond en chantant :
Savez-vous planter les choux !

Les absents ayant toujours tort, vous convenez,
Petite Chérie et vous, que la plus autoritaire de
vous trois est Fille Aînée.

Quant à vos autres défauts... vous y penserez un
autre jour.

« DÉTESTER FAIRE LA QUEUE EST UN
SIGNE DE PRÉDISPOSITION AU STRESS. »

Dans ce cas, la moitié des Français est prédispo-
sée au stress. Y compris vous. A la campagne, vous
supportez mal d'attendre une demi-heure chez le
boucher du bourg, derrière une file de ménagères
qui semblent avoir toute la vie pour discuter des
mérites de l'épaule d'agneau qu'elles vont acheter
pour le déjeuner. D'autant plus que Monsieur Bellot, le boucher, tient absolument à conter l'épopée

du pauvre petit animal. Combien de mois il avait. Dans quels prés il a été élevé. Sa malheureuse brebis de mère. Et l'âge du capitaine (pardon, de l'éleveur).

La cliente suivante ne s'intéresse pas à l'histoire de ses côtes de veau mais écoute avec passion la harangue politique de Monsieur Bellot, lepéniste de choc. Et qui adore vous prendre à témoin. A votre grand embarras.

Vous vous refusez à hocher la tête affirmativement : c'est contre vos convictions de vieille féministe acharnée.

Mais vous n'osez pas hocher la tête négativement. Et prendre le risque de vous voir servir de la barbaque dure et fibreuse.

Vous faites donc semblant de regarder ailleurs, par exemple de choisir – longuement – un saucisson bien sec. Votre régime vous interdit d'en manger, mais l'Homme va le dévorer à lui tout seul. Ce qui, curieusement, lui rougit le nez comme une tomate. (Aucun médecin n'a pu trouver une explication à ce curieux phénomène.)

Quand c'est enfin à votre tour d'être servie (après une dame qui devait être la mère d'une tribu de gitans tellement sa commande était longue), vous trépignez d'autant plus que vous avez perdu votre liste de courses. Vous demandez nerveusement n'importe quoi pour le déjeuner. « Hein ? Oui, c'est ça, des paupiettes... ». Zut ! tout le monde hait les paupiettes chez vous. Trop tard ! Vous oubliez le rôti de bœuf pour le lendemain.

Vous serez obligée de revenir et de refaire la queue cet après-midi au lieu d'aller vous promener dans les chemins creux normands.

Vous courez ensuite chez le charcutier-traiteur où il vous arrive – vous devez l'avouer à votre grande honte – de vous glisser dans la file deux ou trois places avant votre tour. Ce que remarque immédiatement la malicieuse et ravissante charcutière, Madame Boudet, derrière sa caisse.

– Ah! Ces Parisiennes! s'exclame-t-elle d'une voix pointue! Toujours hyper-pressées! Prenez le temps de vivre, que diable!

– Vous avez raison! répondez-vous hypocritement avec un sourire niais.

En vous abstenant de lui répliquer que, pour vous, ce n'est pas « vivre » que de piétiner vingt minutes debout pour acheter deux petites quiches lorraines même délicieuses. Vous craignez trop que, par mesure de rétorsion, Madame Boudet ne vous refile deux quiches de la veille, toutes molles.

Mais là où cela vous énerve le plus de faire la queue, c'est au Crédit Agricole. Il est toujours bourré de commerçants venus chercher de la monnaie et qui la comptent et la recomptent après le caissier qui l'a déjà comptée et recomptée. De vieux paysans à casquette jusqu'aux oreilles qui mettent un temps fou à remplir un chèque de 166 F 85 ou à verser 100 F sur leur Compte Epargne. De fortes agricultrices qui sont les tantes de l'employé à qui elles donnent des nouvelles de toute la famille de Dunkerque à Saint-Denis de la

Réunion. Sans oublier les deux jeunes guichetières qui échangent longuement les recettes de leurs régimes respectifs.

Par contre, à Paris, tout le monde est perpétuellement pressé. Y compris le monsieur troisième âge très chic qui se glisse devant vous dans la file du cinéma. Vous êtes indignée. Vous lui flanquez dans le tibia un bon coup avec la pointe de votre chaussure. Il sursaute et se retourne, furieux.

– Pardon ! vous excusez-vous gracieusement, je n'avais pas vu que vous étiez DEVANT moi...

Il existe cependant à Paris des endroits où l'attente se révèle infernale : certains restaurants.

Vous entrez.

Vous *attendez* debout que le maître d'hôtel, occupé à jacasser avec des clients, vous place d'un geste impérieux ici et pas là alors que la moitié des tables sont vides.

Vous *attendez* ensuite qu'on vous apporte le menu. Mais les garçons font exprès de marcher les yeux baissés pour ne pas voir le discret petit geste d'appel que vous adressez dans leur direction. Au bout de vingt minutes, l'Homme, exaspéré, gueule : « Hep ! Garçon ! La carte. » Tous les clients se retournent pour regarder avec mépris le bruyant malotru.

Vous *attendez* le maître d'hôtel pour passer la commande alors que vous pouvez réciter le menu par cœur après l'avoir lu cent dix-sept fois.

Vous *attendez* le sommelier pour choisir le vin qui n'existe pas en demi-bouteille.

140

Vous *attendez* vos asperges/vinaigrette alors qu'à votre avis elles étaient prêtes au frigo depuis la veille.

Votre rage augmente de constater que les clients de la table d'à côté, arrivés bien après vous, en sont à la tarte Tatin. Pourquoi eux n'ont-ils pas *attendu* ?

Vous êtes tellement en retard que vous sautez avec tristesse le dessert et que vous *attendez* qu'on vous apporte le café... sans petites douceurs au chocolat comme dans tous les bistrots élégants.

Vous *attendez* l'addition. Interminablement. Vous vous êtes toujours demandé pourquoi dans certains restaurants la note est si longue à venir. Le patron a-t-il perdu sa calculette et recompte-t-il dix fois ses calculs ? Le garçon a-t-il honte de vous la donner (l'addition) tellement elle est élevée ? Le maître d'hôtel s'est-il enfui avec la cuisinière ?

Récemment un de vos copains, las d'*attendre*, lui aussi, sortit son téléphone cellulaire et menaça le patron, *par téléphone*, de se tirer sans payer. Monsieur Polo fut tellement saisi qu'il jaillit de sa cuisine, la fameuse addition à la main.

L'Homme, enthousiasmé par cette anecdote, jure qu'il n'ira plus au restaurant qu'en compagnie de son Itinéris.

Bref, quand vous sortez de Chez Polo, vous êtes dans un état de nervosité hystérique. Vous jurez que c'est au tour de Polo d'*attendre*... que vous ne reveniez jamais !

Vous méditez aussi de vous rendre aux Etats-

Unis suivre un stage où, moyennant mille dollars, on vous apprend à calmer votre fébrilité après un tel déjeuner, à patienter dans une queue à la caisse du supermarché derrière un couple qui pousse deux Caddies pleins, à marcher lentement dans la rue (vous, vous galopez comme un gendarme), à rêver pendant une heure en attendant l'autobus un jour de grève au lieu d'imaginer des supplices chinois pour les grévistes, bref à calmer votre exaspération de la vie urbaine.

« POUR RÉSISTER AU STRESS, FAITES DES CHOSES INUTILES. »

C'est quoi, faire des choses inutiles ?

Bavarder avec une copine au téléphone pendant une heure d'horloge ? Non. Ça, c'est avoir des rapports humains indispensables à votre santé morale. Et sociale.

Lire le journal X... *, qui n'a jamais daigné écrire une seule critique d'un de vos livres ? Non. Cela vous agace profondément. Vous préférez faire le signe sicilien du malheur en souhaitant qu'il (le magazine, pas Charles-Henri) fasse faillite (ça vient ! ha ! ha !).

Rêvasser dans un bon bain chaud ? Non. Acte indispensable à votre hygiène corporelle et l'apaisement de votre système nerveux.

Sauf si le téléphone sonne et que vous avez oublié

* Nom censuré par l'éditeur, Charles-Henri Flammarion.

de brancher le répondeur. Vous surgissez de la baignoire telle une grosse baleine ruisselante et vous courez au téléphone. Une voix demande :

– Allô ? Je suis bien à la boutique de la Belle Casserole ?

Vous hurlez !

– Erreur !!! La Casserole vous emmerde !

Et vous raccrochez rageusement. Adieu à l'apaisement de votre système nerveux.

Remonter les Champs-Elysées avec votre copine Muriel en pinçant les fesses des mecs ? Vous l'avez déjà fait une fois, il y a vingt ans. La stupeur des fiers représentants du sexe fort de se voir traiter aussi cavalièrement que de simples petites bonnes femmes était telle que vous n'avez pas arrêté de rire du Rond-Point à l'Etoile.

Vous téléphonez à Muriel. Hélas, elle n'a pas le temps. Trop occupée à préparer le grand mariage de son fils aîné et à se commander une capeline de trois mètres carrés.

– Et puis tu te rends compte ? Si on me surprend en train de peloter le cul d'un membre de la belle-famille, le mariage risque d'être rompu ! Et moi, j'ai déjà payé le traiteur.

– Affreuse bourgeoise !

– Eh oui ! C'est ça qui est triste quand on vieillit : rien à faire, on s'embourgeoise !

Ah ! Vous avez trouvé !
Regarder « Les Grosses Têtes » à la télévision.

A l'indignation de toute votre petite famille.

– Je ne comprends pas que tu puisses aimer une émission aussi grossière, remarque l'Homme.

– ... aussi vulgaire ! s'exclame Fille Aînée.

– ... aussi nulle ! renchérit Petite Chérie.

– Vous avez sûrement raison ! répondez-vous, accablée. Je dois avoir une petite noisette à la place de la cervelle. Mais ça me fait rire. Et l'on n'a pas tellement l'occasion de rire à la télévision.

– Parce que en plus cela te fait rire ? gémit l'Homme.

– Ça la fait rire... ! s'indignent les filles en chœur.

– Foutez-moi la paix, bande d'intellectuels snobinards ! Si vous n'êtes pas contents, vous n'avez qu'à aller au cinéma voir *Tu vas mourir ce soir* ou *Le Corridor de la mort lente* ou *Egorgée au couteau de cuisine*... ou encore et toujours *Désespoir* de Fassbinder.

Le samedi suivant, toute votre petite famille est là en rond pour regarder « Les Grosses Têtes » avec vous.

Toujours POUR RÉSISTER AU STRESS, vous trouvez dans vos livres plein de conseils. (A noter que ce sont souvent les mêmes.)

Par exemple (encore et toujours), vous entraîner à la *respiration hindoue* (malheureusement, au bout de trois profondes inspirations et trois profondes expirations vous vous rappelez que vous

144

avez oublié de promener les chiens et vous sortez en courant.

... Au *rebirth* ou respiration consciente connectée avec vos émotions d'enfant négatives et qui en efface les traces. Vous êtes méfiante malgré l'enthousiasme de votre copine Nicole qui rebirthe à tout va.

... Au *yoga tibétain* (le Dalaï-Lama est follement à la mode. Presque autant que le Pape). Vous avez essayé. Hélas, vous détestez marmonner *oummm oummm* pendant des heures et vous n'avez jamais réussi l'exercice du poirier sur la tête. Le poids de votre postérieur est trop lourd.

... Au *Taï Tchi Tchuan chinois* (ou *Taï Wi Chuan*? ou *Waï Tchi Wan*?). Il paraît que beaucoup de vieux Pékinois s'entraînent dans les jardins publics. Vous craignez que si vous allez vous exercer au Parc Monceau les gardes ne se saisissent de vous et ne vous mettent dans le car pour Sainte-Anne.

... Aux *arts martiaux japonais*. Ça, vous aimeriez. Un de vos grands griefs envers votre premier mari, c'est de vous avoir carrément interdit, dès le début de votre mariage, de prendre des leçons de karaté.

– Qu'est-ce que c'est que cette lubie? avait-il grogné. Une jeune femme de bonne famille n'apprend pas le karaté.

Vous avez rétorqué vivement que, pour un poète comme lui qui se flattait d'être anticonformiste, il avait des réflexes drôlement bourgeois.

– Ce n'est pas un réflexe bourgeois mais le sens

de ma survie. Avec ton tempérament bagarreur, tu serais capable de me casser un bras, un soir de dispute.

Il avait peut-être raison. Vous avez bien essayé de le tuer en lui lançant un énorme vase Ming à la tête qui l'a envoyé à l'hôpital. (Normal. Il vous avait trompée.)

Mais vous lui en voulez encore de ne pas être ceinture noire.

Peut-être n'est-il pas trop tard?

Vous en doutez.

Non pas à cause de votre assommante arthrose. Mais parce que vous craignez de ne pas trouver de cours pour dames de votre âge.

Vous avez en effet remarqué qu'à partir de cinquante-cinq ans, une femme n'existe plus pour la société.

Par exemple, elle disparaît des sondages. Pffttt.

Devant la FNAC/Etoile où vous vous rendez presque tous les jours (les quatre librairies de votre quartier ayant disparu, à votre grand désespoir), grouille un petit monde de jeunes sondeurs et sondeuses qui se précipitent sur les clients qui entrent et sortent du magasin.

Pendant des années, on vous a interrogée sur tout. Votre café préféré. La voiture de vos rêves. Les couches-culottes de vos enfants. Votre dentifrice. La nourriture de votre chat (vous n'aviez pas de chat à l'époque mais vous avez donné votre avis quand même). Etc.

Pour être franche, cela vous amusait énormément de répondre de manière généralement incongrue aux questions soigneusement élaborées par des « testeurs » très sérieux.

Et puis un beau jour, fini !

Brusquement, plus personne ne vous a sondée.

Pourtant, vous passiez délibérément tout près du groupe des enquêteurs.

Vous vous êtes posé des questions.

Peut-être votre air perpétuellement pressé décourageait-il ? Ou vous n'étiez pas assez propre sur vous. Ou trop.

Et puis un jour vous avez entendu une jeune fille répondre à une autre qui vous désignait du menton :

– Non. Pas celle-là. Trop vieille. Elle a sûrement plus de cinquante-quatre ans.

Choc.

Vous étiez devenue la ménagère dont l'avis ne compte plus ni dans les tests ni dans les sondages du PAF (paysage audiovisuel français).

Rayée de la collectivité.

Seul un libraire d'un Relais H à l'aéroport d'Orly-Sud vous tendit (en hésitant visiblement) un questionnaire sur la liberté de la presse que vous avez rempli avec ardeur. Jusqu'au paragraphe :

Cochez votre âge

avec, écrit, en dernière ligne : **de 45 à 54 ans.**

A cinquante-cinq ans, interdit d'avoir une opinion sur la liberté de la presse !

Du coup, vous avez rajouté furieusement en grosses lettres :

Age : 102 ANS !

On n'est quand même pas gâteuse à cinquante-cinq ans !

Vous connaissez plein de vieilles personnes intelligentes et marrantes de soixante-quinze ans et beaucoup de jeunes imbéciles bornés de vingt-cinq ans. Vrai ?

« TOUJOURS POUR RÉSISTER AU STRESS, ÉVITEZ LES MAUVAISES NOUVELLES ET LES GENS RONCHONS. »

Impossible.

En tout cas, en ce qui concerne les mauvaises nouvelles. Les informations à la télévision – que vous regardez passionnément pendant vos repas, comme l'on sait – ne sont qu'un défilé de drames.

Quoi de plus déprimant que de manger un bon steak dans votre confortable salon, en contemplant le corps sanglant d'un Bosniaque, le cadavre d'une femme noyée au Bangladesh, la silhouette terrible d'un petit Rwandais amputé des deux jambes ?

Que faire ?

Dire avec cynisme comme ce comique d'humour noir dont vous avez oublié le nom : « Pourquoi diable tous ces gens meurent-ils pendant que je déjeune ? »

ou

tourner le bouton de la télé

et

148

ignorer les guerres, les tortures, les famines du tiers-monde, les viols des petits enfants, les accidents de voiture, les inondations, les tremblements de terre, le Sida, etc., etc., etc.

et avoir mauvaise conscience ?

Non. C'est votre devoir de bonne citoyenne du monde de partager les malheurs de tous. En cas d'anxiété trop forte, prendre un tranquillisant avant chaque Journal Télévisé.

Mais il y a (presque) pire :

... une sœur ou une amie collante se plaignant perpétuellement de tout :

... « Les hommes sont des salauds »... « Le soleil donne le cancer (Marche à l'ombre !) »... « Les politiciens sont tous des pourris ! (et encore, on ne sait pas tout !) »... « J'ai une grippe abominable (mais non ! un gros rhume seulement) »... « Les jeunes ne veulent plus travailler (ben ! ils n'ont plus de boulot !) »... « Rire quand il y a tant de malheureux dans le monde est honteux (oui ! mais alors quand ?) »... « La bombe atomique et le Sida vont détruire l'humanité »... « La télévision corrompt nos enfants (donne ton poste à l'abbé Pierre et envoie tes enfants au cinéma voir *Basic Instinct*) »... « Le cinéma français est mort »... « Les Beurs des banlieues vont venir nous égorger dans nos beaux quartiers... »

Là, une solution radicale : se débarrasser de la grognonneuse jusqu'à ce que vous soyez guérie de votre déprime. Ce qui n'est pas toujours facile, surtout s'il s'agit de votre sœur Arielle.

Elle sait que vous ne décrochez pas votre répondeur quand vous entendez sa voix. Elle vient donc directement sonner deux coups à votre porte (deux coups = signal familial). Vous regardez par le voyant. Merde! Arielle! Vous décidez d'aller vous recoucher sur la pointe des pieds.

Arielle (derrière la porte) : Ouvre! Je t'ai entendue marcher. J'ai à te parler d'urgence.

Vous ouvrez en soupirant.

Vous : Tu sais, je ne suis pas bien en ce moment, et...

Arielle ne vous écoute pas. Se rue dans votre salon. Et commence son lamento. Effondrée, vous avalez en douce un Lexomil pour affronter le flot de récriminations de la désespérée.

Arielle : ... alors, je vais divorcer!

Vous (sursautant; vous n'aviez pas entendu les phrases d'avant) : Quoi? C'est grave ce que tu me dis là!

Arielle : Dramatique! Mais Julien est vraiment trop égoïste! Un monstre d'égoïsme!

Vous : Bah! Tu sais, tous les hommes sont plus ou moins égoïstes...

Arielle (qui ne vous écoute toujours pas) : Ce qui m'ennuie, c'est que ça coûte cher, un divorce! Tu pourrais me prêter de l'argent?

Vous (embêtée; vous savez que vous ne reverrez jamais vos sous) : ... Heu... je ne sais pas... il faut que je voie... Tu comptes te mettre à travailler?

Arielle : Comment veux-tu? Avec mes cinq enfants et mon cancer?

150

Vous (affolée) : Quel cancer ?

Arielle : Mon cancer du sein. Toutes les femmes de mon âge ont un cancer du sein. Du reste, ma manucure me l'a encore dit hier : « Vous, vous avez la tête à avoir un cancer du sein. »

Elle éclate en sanglots.

– Je n'ai vraiment pas de chance dans la vie !

Vous : Arrête ! Tu n'as aucun cancer du sein ! Tu es simplement un peu dépressive.

Arielle (furieuse) : C'est ça ! Dis tout de suite que je suis folle...

Vous : Pas du tout. Je pense simplement que tu as une petite déprime et qu'une visite à un psy te ferait peut-être du bien.

Arielle (hurlant) : Jamais ! Jamais, je n'irai voir un de ces bonimenteurs à la noix !

Vous : Tu as tort. D'abord ce sont de vrais médecins. Ensuite ils ont maintenant à leur disposition d'excellents médicaments.

Arielle (toujours hurlant) : Jamais ! Jamais ! Jamais, tu entends, je ne prendrai leur saleté de remèdes.

Vous (vous mettant à beugler à votre tour) : Bon, d'accord ! Tu fais ce que tu veux, mais alors tu arrêtes d'emmerder le monde et moi en particulier.

Arielle (saisie et indignée) : Parce que j'emmerde le monde et toi en particulier ?

Vous : Parfaitement. Une heure avec toi, c'est un cauchemar. Tu geins perpétuellement. A propos de tout. Tu n'es jamais satisfaite de quoi que ce soit. Rien ne t'enthousiasme. Tu es une empêcheuse d'être heureuse en rond. Alors deux solutions. Ou tu continues à pleurnicher et tu te tires d'ici pour aller larmoyer ailleurs parce que moi, je suis dans le creux de la vague et tu m'épuises. Ou tu vas voir un médecin. Tu te soignes et tu arrêtes de faire chier l'humanité avec ton lamento permanent!

Arielle (se levant, folle de rage) : Puisque je fais « chier » l'humanité... au passage, je regrette que tu t'exprimes aussi grossièrement... eh bien, je m'en vais!

Vous : Salut!

Arielle claque la porte et vous l'entendez descendre l'escalier en sanglotant et en ululant : « Méchante... Sale bête... Sans cœur... Que je suis malheureuse... »

Dans votre salon, vous pleurez aussi, honteuse d'avoir parlé si durement à cette pauvre Arielle. Mais votre santé avant tout, non?

Vous la reverrez trois mois plus tard, toujours accablée par le sort. Elle ne voit plus jamais son mari qui ne cesse de voyager (ah! les hommes, des monstres d'égoïsme. *Bis*). Son fils a quitté la maison pour s'installer dans une chambre de bonne (ah! les enfants, des monstres d'ingratitude). Et elle, Arielle, a sûrement un cancer à la gorge (c'est cette cigarette qu'elle a fumée, il y a vingt-trois ans!).

En attendant, vous, vous allez beaucoup mieux.
Malgré un cauchemar qui revient régulièrement hanter vos nuits.

CHAPITRE 9

Vous êtes couchée dans la rue sur un carton, recroquevillée sous un manteau troué qui ne vous protège ni du froid ni du vent. Une silhouette puante se penche sur vous et une grosse main velue essaie d'arracher de dessous votre tête, ornée d'une ancienne toque de renard mité, votre vieille pochette en crocodile – qui était si belle, il y a cinquante ans. Vous vous y accrochez de toutes vos forces. Dedans, il y a votre fortune : quelques pièces que des passants ont jetées, en détournant les yeux, dans la seule tasse rescapée de votre joli service en porcelaine à fleurs acheté à la boutique Dior.

– Espèce de vieille salope ! File-moi ton fric ! gronde une voix cassée.

– Crève ! chevrotez-vous de votre bouche sans dents (votre dentier a disparu, il y a déjà quelques années).

– Laisse la mémé tranquille, ordonne une voix claire, ou je te file une raclée.

La silhouette du clochard s'éloigne en grommelant.

– Merci, Georges ! gargouillez-vous à votre ami, le plombier sans travail, qui est allongé sur le trottoir à quelques mètres de vous avec sa femme et ses enfants, enfouis dans des sacs de couchage.

Georges vous a raconté sa triste histoire. Plombier en banlieue, tout allait bien pour lui et sa petite famille. Jusqu'au jour où il a voulu s'agrandir. Pas de chance, le travail s'est mis à manquer. Il n'a pu payer ses factures et les emprunts pour sa maison. Vendue. Toute la famille dans la rue. Plus d'adresse pour travailler, se laver, envoyer les gosses à l'école. Il cherche comme un fou une loge de gardien d'immeuble. Il vous a pris sous sa protection avec vos quatre-vingts berges et votre arthrose. En échange, vous apprenez aux petits quelques notions d'orthographe et trois mots d'anglais qui traînent encore dans votre mémoire défaillante.

– Merde ! s'exclame Georges, une patrouille de flics ! Filons !

Vous ramassez précipitamment vos hardes roulées dans des sacs en plastique de Kenzo – témoins de votre ancienne splendeur – et vous vous camouflez tant bien que mal dans le recoin d'une porte cochère dont le digicode vous empêche de pénétrer dans l'immeuble. (Vous avez oublié que, quarante ans auparavant, vous avez réclamé furieusement au syndic de votre appart que la porte de l'immeuble soit, elle aussi, codée pour interdire aux SDF de venir dormir sur votre palier et surtout y pisser.)

A l'aide!

Vous ne voulez pas que la police vous ramène à la maison de retraite. Vous y haïssez les petits vieux baveux, les gâteux qui crient, les méchants qui pincent, les filles de salle qui vous bousculent (la chef vous a même donné une gifle à votre troisième fugue). Vous préférez encore la rue, avec les passants pressés, les enfants qui jouent, le vin rouge qui soulage vos vieilles douleurs mieux que l'aspirine. Et les longs bavardages avec l'ex-père Jean, moine défroqué (ce qui ne l'empêche pas d'être adorable – au contraire), à qui vous reprochez véhémentement les paroles du Christ : « Regardez les oiseaux du ciel. Ils ne sèment ni ne moissonnent... pourtant votre Père céleste les nourrit... » Pourquoi, demandez-vous, le Père céleste ne nourrit-il pas les SDF en même temps que les moineaux ? Serait-il raciste ?

Cela dit, vous avez faim, vous avez froid, vous avez peur. Et qui vous tiendra la main quand vous allez mourir ?

. . . .

Vous vous réveillez en sursaut et en sueur.

Un cauchemar! Ce n'était qu'un affreux cauchemar! Mais qui vous obsède!

Vous allumez. Vous êtes bien dans votre jolie chambre au matelas Tréca confortable, sous votre couette à fleurs.

Mais si cela vous arrivait de vous retrouver dans la peau d'une vieille loque ruinée, errant dans la rue ? Ou impotente et sans un rond dans un mouroir crasseux ?

Vos rapports avec les sous n'ont jamais été simples.

Vos aristocrates de grands-parents vous ont élevée dans l'idée que l'argent était une chose sale... « caca ». (Sauf que le mot « caca » était lui aussi prohibé : on devait dire « grosse commission »... vous n'avez jamais trouvé l'origine de cette expression.)

Le ton a brutalement changé quand vous avez été vivre avec votre mère : « On a besoin de fric dans la vie, vous a-t-elle déclaré sans ménagement, mais ne compte sur personne pour t'en donner. Tu devras te débrouiller toute seule pour vivre. »

Et même survivre.

Vous avez failli mourir de faim à dix-huit ans.

Vous avez appris le bonheur incroyable d'une tartine beurrée trempée dans un café au lait quand on a l'estomac vide.

Vous avez dansé de joie le jour où vous avez touché votre premier salaire de dactylo.

Et depuis, vous faites des économies.

Oh! Pas bien grosses.

Mais sans relâche.

Cela n'a pas toujours été facile.

D'abord, vous avez été jeune et naïve. Votre **Patron nᵒ 1** s'est esclaffé quand vous lui avez réclamé timidement une augmentation prévue depuis un an.

– Si je vous donne autant maintenant, qu'est-ce que je vous donnerai dans dix ans?

– Mais vous me l'aviez promis!

156

– Ma petite fille, si on tenait toutes ses promesses, où irait-on?

Du coup, quand cet enfant de salaud est mort, vous avez été cracher sur sa tombe.

Patron n° 2 (rire gras) : Allons, allons! Une charmante jeune fille comme vous a d'autres moyens de gagner de l'argent que de se tuer au travail...

Patron n° 3 (indigné) : Hein? Quoi? Vous voulez une situation plus intéressante et un pourcentage sur les bénéfices? Mais vous ne venez pas de vous marier?

Vous : Si.

Patron n° 3 : Alors, de quoi vous plaignez-vous? Vous avez un époux pour gagner votre vie.

Producteur de cinéma n° 1 (cigare au bec) : J'ai vu votre agent hier. Il exige des sommes folles pour votre scénario. Je suis stupéfait. J'ai entendu dire que votre mari était très riche. Vous n'allez pas en plus me réclamer du pognon! Alors que je n'ai pas un franc pour produire ce film...

Copine n° 5 (aigre) : T'as de la chance, toi! Tu as épousé un type plein aux as!

Vous : Mais non! Tout ce qu'il gagne, il le met dans son entreprise.

Copine n° 5 : Tu parles! Je suis sûre qu'il te couvre d'or.

Vous : Tu te trompes complètement. Parfois, il est même plutôt radin.

Copine n° 5 : Cause toujours ! Je ne te crois pas !
Vous : Je t'emmerde !
Brouille avec copine n° 5.

Le temps a passé. Vous continuez d'exercer un métier que vous adorez mais où l'on n'est jamais sûre de gagner l'année suivante assez de sous pour payer les impôts en cours... ou même de quoi acheter des biftecks hachés (les moins chers : vingt pour cent de matière grasse). Un métier sans congés payés. Sans indemnités de maladie. Sans retraite non plus.

Votre sœur Mélanie (amère) : Je suis certaine que tu gagnes des fortunes avec tes bouquins !
Vous : Cela dépend des années... et des bouquins !
Votre sœur Mélanie (agressive) : Et en plus, t'as un mari bourré de fric !
Vous (lassée d'entendre parler de cet époux Crésus qui vous donne pour la maison la même somme depuis vingt ans) : Pas en ce qui me concerne !
Votre sœur Mélanie (qui n'a pas écouté) : Y en a vraiment qui ont trop de veine. Je vais m'inscrire au Parti Communiste.
Vous : Je vous emmerde toi et le Parti Communiste !
Brouille avec votre sœur Mélanie. Pour le Parti Communiste vous ne savez pas.

158

Et pendant tout ce temps-là, vous avez été torturée par la peur de manquer et de mourir dans la misère.

Cette terreur est devenue panique depuis votre dépression. Surtout vers trois heures du matin.

Pieuvre Géante s'enroulant autour de vous à vous asphyxier :

– Tu vieilliras dans la pauvreté !

Vous : Je ferai des ménages !

Pieuvre Géante : Pauvre folle ! Tu n'es même pas capable de faire le tien.

Sœur Anxiété apparaît alors et s'assied à sa place favorite au pied de votre lit. Elle agite un magazine et un crayon.

Sœur Anxiété : J'ai là un test qui permet de savoir si tu es radine ou claque-sous.

Pieuvre Géante : Les deux ! Les deux !

Sœur Anxiété : Première question : sais-tu à dix francs près combien tu as dans ton sac ?

Vous : Non. Absolument pas. Mais j'ai toujours une petite réserve de billets cachés dans mon dossier Factures Téléphone... Et un peu de monnaie dans la poche d'une veste que je ne mets jamais.

Pieuvre Géante : Toi et ta manie de cacher des sous un peu partout dans ta maison comme Harpagon et de ne pas les retrouver quand tu en as besoin. Mais un an plus tard, et encore par hasard !

Sœur Anxiété : Deuxième question : as-tu gagné de l'argent quand tu étais petite en lavant la voiture de tes parents ou en descendant la poubelle ?

Vous : En arrosant les fleurs de ma grand-mère basque espagnole qui m'arnaquait sur le temps passé et payait plus cher mes cousines. Je n'ai pas été à son enterrement.

Sœur Anxiété : As-tu volé de la monnaie dans les poches de tes parents ou en faisant les courses ?

Vous : Une fois. J'ai piqué dans le porte-monnaie de ma grand-mère, la gentille, de quoi m'acheter un rouleau de réglisse. Et j'ai encore l'impression d'avoir « VOLEUSE » écrit sur mon front.

Sœur Anxiété : Regardes-tu le prix des plats au menu dans les restaurants ?

Vous : Oui. Et cela m'exaspère profondément quand, dans certains bistrots dits chics, on me file une carte sans mention de prix sous prétexte que je suis la Femme. Alors que je suis invitée par un copain fauché. Du coup, je me crois obligée de commander des trucs bon marché comme du merlan que je n'aime pas ou de la daube qui me reste sur l'estomac toute la journée.

Sœur Anxiété : As-tu déjà discuté le montant d'un achat dans une boutique ?

Vous : Dans les souks de Marrakech, oui. Chez Dior, non. Mais cela m'arrive, maintenant que l'âge me rend moins timide, de m'exclamer chez Chanel : « Oh ! Cette robe est vraiment très chère... pour ce que c'est ! » et de tourner les talons en laissant les petites vendeuses snobs pétrifiées d'indignation.

Sœur Anxiété : As-tu déjà emprunté de l'argent à ta banque ?

Vous : Jamais! Absolument jamais. L'angoisse de ne pouvoir le rendre m'aurait empêchée de dormir pendant des années. Mais il m'est arrivé – en période de grande fauche – de quémander quelques sous à ma chère bonne bretonne Denise. Pour finir le mois et acheter des tickets de métro.

Sœur Anxiété : Quelle est ton attitude vis-à-vis des gens qui mendient dans la rue?

Vous : Je file rarement des pièces sauf quand je suis avec mon petit-fils Justin parce qu'il me reproche d'une voix perçante : « Mamie! Pourquoi tu donnes rien au monsieur qui tend la main alors qu'hier tu m'as dit qu'il fallait le faire? » Par contre, quand je suis seule et que je vois l'écriteau : « J'ai faim », je cours acheter un gros sandwich, du chocolat, des oranges, plus une canette de bière pour le malheureux. Sans oublier les croquettes de son pauvre chien. L'autre jour, je me suis fait engueuler par un SDF : « Merde! C'est le troisième jambon-beurre que je mange ce matin, et mon chien, il en a marre des croquettes! »

Sœur Anxiété (comptant les points) : ... heu... 7 + 14 + 12 − 2 = 31... Résultat du test : tu as à la fois une terrible peur de te retrouver ruinée et une insouciance quotidienne dans tes dépenses.

Vous : C'est vrai!

Pieuvre Géante : Tu mourras pauvre! Je parie que tu ne sais même pas combien tu as à la banque...!

Vous : C'est vrai aussi et il m'arrive de me lever la nuit pour aller compter et recompter avec angoisse mes économies...

Sœur Anxiété : Eh bien, vas-y! Tu en meurs d'envie.

A deux heures du matin, vous vous retrouvez dans votre bureau en train de fouiller dans votre dossier « SOUS » où sont entassés dans un grand désordre vos relevés de compte bancaire. Et les feuilles où la dame de la BNP – qui vous a prise en pitié – note régulièrement le montant de vos Sicav et de vos assurances-vie. Total que vous oubliez immédiatement.

Vous : J'ai lu quelque part que Flaubert éprouvait la même angoisse. Il s'imaginait sénile à l'hospice des Incurables, dans des habits sales... Ah! voilà le montant de mes économics!

Sœur Anxiété : C'est tout?

Vous : Comment ça : « c'est tout »? J'ai déjà eu un mal terrible à mettre ce fric de côté et il devrait me permettre de tenir le coup quelques années...

Pieuvre Géante : Cela dépend jusqu'à quel âge tu vas vivre?

Vous : J'en sais rien, moi... les assurances fixent l'espérance de vie des femmes à 81,8 ans. Ce qui me fait... (vous tapotez sur votre calculette)...

Sœur Anxiété : ... pas assez pour garder ton appartement à Paris.

Vous : J'irai vivre à la Palomière.

Pieuvre Géante : Toute seule?

Vous : Ben oui... si l'Homme n'est plus là...

Sœur Anxiété : Etant donné son âge à lui, s'il est encore là, il sera probablement dans une petite chaise roulante.

162

Vous : Je le pousserai dans les allées. Ce sera très gai.

Sœur Anxiété : Pauvre malheureuse! Il faudrait que tu en sois capable. Avec ton arthrose, tu as déjà du mal à porter les tomates du marché.

Vous (fantasmant) : J'engagerai un ménage de Cambodgiens. Ils sont tellement gentils. Lui sera chauffeur et cuisinier. Sa femme nous aidera, l'Homme et moi, à nous habiller, à nous coiffer, à nous promener, etc.

Sœur Anxiété : Tu rêves! Tu ne te rends pas compte de ce que ça te coûterait : le salaire de deux personnes! Sans compter les charges sociales. Un luxe au-dessus de tes moyens. A moins que tu ne meures à soixante-seize ans et demi.

Pieuvre Géante : Ton petit magot te permettra peut-être tout juste de te payer, jusqu'à quatre-vingt-six ans, une dame de compagnie sachant conduire.

Vous : Bon, d'accord. Mais avec un bon caractère et pas trop bavarde.

Pieuvre Géante : Ça n'existe pas, une dame de compagnie pas trop bavarde.

Sœur Anxiété : Ce serait plus sage de calculer que tu vas vivre jusqu'à cent ans. Il y a plein de vieilles dames qui vivent maintenant jusqu'à cent ans...

Vous : Hélas oui... mes deux grand-mères! Cela me fait une lourde hérédité. Mais quelle horreur : se traîner toute seule jusqu'à cet âge-là! (Vous retapez furieusement sur votre calculette.) En plus, je n'ai pas assez d'argent pour vivre jusqu'à cent ans!!! A moins de vendre la Palomière... Et où irais-je m'installer?

Sœur Anxiété : A la maison de retraite du village.

Vous : Jamais. Elle est construite le long de la route et il n'y a pas un arbre autour. Et puis, je ne veux pas aller dans un établissement pour vieux! Même portant un nom alléchant comme Les Marronniers roses, les Lilas blancs, Les Peupliers verts, alors qu'il n'y a pas une touffe de gazon pour s'asseoir devant la maison!

Pieuvre Géante : Alors où? Dans une cabane dans la forêt, avec une chouette?

Vous (hésitante) : Peut-être chez une de mes filles? Je leur ai fait jurer cent fois qu'elles ne me flanqueraient pas à l'hospice dans une soupente surchauffée avec trois grabataires. Mais qu'elles me garderaient avec elles.

Sœur Anxiété : Hum! Si j'étais toi, je n'y compterais pas trop. Surtout si tu deviens gâteuse. Avec ton sale caractère, tu seras insupportable.

Vous : Juste retour des choses. Elles aussi, elles étaient insupportables quand elles étaient petites.

Pieuvre Géante : Tes gendres exigeront qu'on t'installe dans la cave...

Vous (éclatant en sanglots) : Mais qu'est-ce que je peux faire?

Sœur Anxiété : Encore, toujours des économies!
Vous : Sur quoi?

164

Sœur Anxiété : Les fringues ?

Vous : Tu sais bien que j'en achète très rarement.

Pieuvre Géante : Oui, mais qu'est-ce que tu claques comme pognon en taxis !

Vous (honteuse) : C'est vrai ! Je déteste prendre le métro où j'étouffe et l'autobus dont je ne comprends jamais où il va.

Pieuvre Géante : Marche à pied !

Vous : Je ne sais pas comment ça se fait mais toutes mes chaussures me font mal aux pieds. Sauf mes chères espadrilles basques. Difficile de faire des courses, en hiver, à Paris, en espadrilles basques...

Pieuvre Géante : Déplace-toi en baskets.

Vous : Je ne peux pas me présenter à des rendez-vous d'affaires en baskets.

Pieuvre Géante : Non. Mais tu glisses dans ton sac une paire d'escarpins et tu changes d'écrase-merde dans l'escalier. Comme les Américains.

Vous : Les baskets ne tiendront pas dans mon sac.

Pieuvre Géante : Tu arrêtes de jouer à la demeurée ? T'as emporté un sac plastique !

Vous : C'est pas très chicos d'aller à un rendez-vous d'affaires avec un sac plastique !

Pieuvre Géante : C'est très snob au contraire. Si c'est un sac Dior ou Lanvin.

Vous : J'en ai pas. Et si je dois acheter un tailleur Dior ou Lanvin pour avoir un sac avec leur logo, cela va me coûter le prix de cent vingt taxis.

Pieuvre Géante : Tu m'énerves !

Vous : Toi aussi ! Tu es désagréable et tu ne me grattes jamais le dos...

Sœur Anxiété : Et si tu te passais de femme de ménage ?

Vous : Impossible ! Je ne sais pas faire les lits, ni passer le chiffon à poussière, ni balader cet engin bruyant appelé aspirateur. Je n'ai repassé qu'une fois dans ma vie. Une chemise de mon premier mari. Il a failli demander tout de suite le divorce.

Sœur Anxiété : Tu pourrais dépenser moins en livres ?

Vous : Je ne peux pas ! C'est ma folie ! Quand j'entre dans une librairie, je me sens comme une grosse gourmande lâchée dans une pâtisserie. J'ai envie de tout lire ! Même si je me suis juré de n'acheter qu'un seul petit Librio à dix francs, je ressors avec deux sacs de sept kilos.

Sœur Anxiété : Et tu les lis tous, tes bouquins ?

Vous : Ben... heu... pas toujours. J'en découvre de trop intelligents pour moi. Alors, je les pose sur ma table de nuit pour épater l'Homme. Et en espérant que, pendant que je dors, les idées si brillantes de l'auteur vont se glisser dans ma tête...

Pieuvre Géante : Tu causes ! Tu causes ! Mais tu ne parles pas de la petite Toyota 4 × 4 que tu viens de commander, hein !

Vous : Je sais. C'est une folie ! Une extravagance ! Pardon ! Pardon ! Mais j'en avais tellement envie depuis vingt ans ! Je n'ai pas pu résister ! Elle est si mignonne et si commode pour me

166

promener dans les bois et les prés normands. On dirait un jouet. En revanche, je vous ferai remarquer à toutes les deux que je n'ai ni bijoux ni collier de perles comme toutes les dadames de l'arrondissement.

Pieuvre Géante (poursuivant son idée) : En plus, tu l'as fait peindre en rouge, ta 4 × 4 !

Vous : C'est pour que l'Homme me retrouve plus facilement si je tombe dans un ravin.

Pieuvre Géante : Puisque tu es ce qu'on appelle une « dépensière compulsive », inscris-toi à l'Association des Débiteurs Anonymes pour une thérapie de groupe toutes les semaines à l'Eglise Américaine, 63, Quai d'Orsay, Paris.

Sœur Anxiété : Moi, je vois une autre solution : gagner plus d'argent !

Vous : J'écris déjà sept heures par jour, sept jours par semaine. Et le soir, la fatigue me transforme en loque humaine. Pourtant, j'ai une idée qui me trotte dans la tête : une critique de livres...

Sœur Anxiété : Je croyais que tu détestais les critiques.

Pieuvre Géante : Oui. Mais je ne parlerai que des livres que j'aime.

Pieuvre Géante : C'est mal payé, les critiques !

Vous : Exact. Par contre, on reçoit tous les livres à l'œil. Vous vous rendez compte de l'économie... et du bonheur d'avoir des paquets de bouquins gratuits tous les jours !

Sœur Anxiété : Et si tu vis jusqu'à cent vingt ans, comme Jeanne Calment, tu vas écrire des critiques jusqu'à cent vingt ans ?

Vous : Pourquoi pas ? Y a plein de confrères qui gâtouillent. Par exemple, ce prétentieux de N. *. Et à partir de cent ans, je donnerai des interviews à *Paris-Match* et à TF 1 que je ferai payer très cher : *La Chronique de la Centenaire*. En plus, je réclamerai une subvention au Ministère de la Culture comme monument national.

Rassérénée – momentanément – par cette perspective, vous rangez vos comptes et vous allez vous recoucher sous votre chère couette.

Hélas, le cauchemar vous y attend.
A peine avez-vous fermé les yeux que vous vous retrouvez sur votre carton dans la rue.

Pitié ! Des sous !

* Encore censuré par Charles-Henri Flammarion.

CHAPITRE 10

Vous savez que vous avez tort.
Mais vous ne pouvez pas vous en empêcher.
Vous détestez les fêtes de Noël.

La période commence fin novembre. Vous vous mettez à galoper dans des dizaines de magasins en compagnie d'une foule de gens agités qui partagent la même préoccupation frénétique que vous : acheter des cadeaux.

Et surtout, si possible, des surprises qui comblent de joie leurs destinataires.

L'enfer, en ce qui vous concerne.

Vous commencez, comme d'habitude, par établir des listes. Après avoir téléphoné à Fille Aînée.

Vous : Dis donc, est-ce que tu as des idées de cadeaux qui feraient plaisir à tes enfants pour Noël ?

Fille Aînée : Aucune. Mais je vais leur demander.

Vous : Inutile. Je connais la réponse depuis des

années (imitant la voix d'un môme débile) : « Che chais pââââs ! »

Fille Aînée (vexée) : Si tu connais la réponse, pourquoi tu me téléphones ?

Vous : « Au royaume de l'espérance, il n'y a pas d'hiver ». Proverbe russe. Les miracles, ça existe.

Fille Aînée (retrouvant son humour) : Je n'ai pas assez de fric pour emmener tout le monde à Lourdes. Bon, je vais réfléchir et te rappeler la semaine prochaine.

La semaine suivante Fille Aînée ne rappelle pas. Vous si. Accrochée à cette histoire de cadeaux de Noël comme une morpionne.

Vous : Alors ?

Fille Aînée : Ben... pour Sébastien... une paire de chaussures Weston. C'est cher, mais c'est la seule chose dont il a envie.

Vous : Comme tous les ans. J'aurai dépensé une fortune pour les pieds de ton fils aîné.

Fille Aînée : C'est le drame des enfants. Leurs pieds grandissent jusqu'à l'âge adulte. Et après, ils les emmènent ailleurs.

Vous : S'il n'y avait que les pieds ! Mais il y a aussi les dents. Et tout le reste ! Et pour Guillaume ?

Fille Aînée : Il s'en fout !

Vous : Comme c'est agréable ! Qu'est-ce qui l'intéresse cette année ?

Fille Aînée : Les filles. Il est persuadé que toutes les filles sont folles de lui et il travaille dur... sa musculation au lieu de ses maths.

170

Vous : Parfait ! Bon pour un « rameur ». Cela lui fera les biceps de Schwarzenegger. Pour Justin l'Ecolo, j'ai déjà vu un télescope. Reste Alizée.

Fille Aînée : N'importe quoi de rose.

Vous : Comment ça ?

Fille Aînée : Elle a décidé de ne s'habiller qu'en rose parce que son amoureux ne l'aime qu'en rose.

Vous : Et quel âge a ce jeune homme au goût si déterminé ?

Fille Aînée : Neuf ans.

Vous : Il ira loin. Merci pour toutes ces indications.

Vous savez que, pour Fille Aînée, vous irez chez Christian Lacroix, son couturier préféré, acheter un foulard en soie. Et choisir en même temps pour Petite Chérie d'immenses boucles d'oreilles afin de satisfaire sa passion des bijoux voyants. (Elle adore sortir en boîte bardée de breloques diverses comme un vieux général russe très décoré.)

Pour Monsieur Gendre, d'office, une cravate, comme tous les ans. Ce qui vous embête un peu, c'est que vous ne les voyez jamais autour de son cou. Va-t-il les échanger en douce ou les jette-t-il carrément ? Auquel cas, cela vous ferait faire des économies de les acheter dans un parapluie dans le métro et non chez Lanvin. Mais cravate de toute façon. C'est votre cadeau préféré et, comme l'Homme refuse d'en porter, vous êtes frustrée. Alors tant pis pour Monsieur Gendre s'il préférerait une boîte de cigares.

Pour votre chère concierge et vos gentilles

femmes de ménage, vous trouverez bien des petits présents en chemin.

Reste le plus difficile : la surprise pour l'Homme.

L'Homme déteste les cadeaux.

Qu'il dit.

La vérité, c'est qu'il n'est jamais fou des présents qu'on lui offre. En particulier des vôtres. Ni même de ceux de ses filles.

Tous les ans, vous organisez une réunion secrète de la famille (où il n'assiste pas, évidemment) pour discuter de ce grave problème.

Fille Aînée (découragée à l'avance) : Papa n'aime jamais rien !

Petite Chérie : Si. Les pulls en cachemire. Mais j'ai pas les sous !

Vous : Il ne veut que des cachemires noirs et je lui en ai déjà offert sept. Ras-le-bol.

Pour être franche, vous n'achetez que les cadeaux qui vous plaisent à vous et parfois tellement que vous les gardez. Ce qui vous oblige au dernier moment à vous relancer dans un shopping éperdu.

Monsieur Gendre (de sa voix douce) : Il y a deux ans, il avait bien apprécié la boîte à pilules du XVIIIᵉ.

Fille Aînée : On ne peut pas lui donner une boîte à pilules du XVIIIᵉ tous les Noëls !

Petite Chérie : Il ne fume pas. Même plus le cigare. Il ne boit pas. Il ne porte pas de cravate sur ses cols Mao. Il ne bricole pas. Il a tous les accessoires de bureau offerts par les sociétés avec lesquelles il travaille. Ah ! il n'a pas d'attaché-case.

Vous : Il y a dix ans, je lui ai acheté une serviette en cuir, somptueuse. Il a refusé de la porter sous prétexte que cela faisait homme d'affaires bourgeois. Et que cela attirait les voleurs. Grâce à quoi, il transporte l'argent de la caisse dans des sacs de toilette en plastique à fleurs. Ce qui ne l'a pas empêché d'être agressé récemment, comme vous le savez, devant la banque, par deux hommes cagoulés qui lui ont arraché son vanity-case et deux cents millions.

Petite Chérie : Tu devrais lui expliquer qu'on remarque plus un homme qui se balade avec un vanity-case qu'avec une mallette en cuir noir.

Vous : Pour me faire traiter de « patagonne débile »? Mais je crois qu'il médite d'acheter un fourgon blindé et d'embaucher quatre gardes du corps armés pour protéger ses sacs de toilette en plastique à fleurs !...

Monsieur Gendre : Est-ce qu'une grosse sacoche ne résoudrait pas le problème?

Vous : Il en a trois qu'il n'a pas encore réussi à perdre.

Monsieur Gendre : Et des boutons de manchettes?

Vous : Il n'en porte pas. Au début de notre mariage, je me suis ruinée à lui offrir ce genre de petit bijou. Il les a tous refilés à ses aide-cuisiniers sénégalais qui font la plonge avec des boutons de manchettes de chez Cartier. Cela m'agace énormément.

Fille Aînée : Bref, on se retrouve dans la merde, comme chaque année.

Vous vous regardez tous avec découragement.

Petite Chérie : Il n'aime que les livres.

Vous : Le problème, c'est qu'on ne sait jamais lesquels vont lui plaire.

Fille Aînée : Il déteste les polars. Il déteste les romans. Il déteste les biographies. Il n'adore que les essais incompréhensibles de philosophie ou d'histoire dont personne n'a jamais entendu parler.

Vous : Et qu'il a déjà achetés.

Petite Chérie : Moi, ça me rend folle quand il ouvre son paquet, qu'il dit d'un ton déçu : « Ah ! je l'ai déjà lu ! » et qu'il jette le bouquin sur un fauteuil où il l'oublie.

Vous : J'ai une idée ! Cette année, il ne s'intéresse qu'aux pommes. Je vais commander chez Brentano's un très beau livre d'art sur les pommiers, édité en américain à New York. Ce serait vraiment le diable s'il l'avait déjà.

Applaudissement général. A vous de vous débrouiller maintenant (« démerdassek », aurait dit votre papa, le colonel).

Quarante-huit heures avant Noël, vous entassez tous vos cadeaux dans votre break plus un immense sapin. Vous partez à la Palomière préparer la maison – et huit lits ! – avec Janine. Pendant qu'elle fait ronfler l'aspirateur à tous les étages, vous commandez au bourg, chez Monsieur Boudet, charcutier-traiteur, une énorme dinde aux marrons (les enfants préféreraient des frites au ketchup mais tradition oblige. Et vous, vous adorez les marrons). Plus une bûche au chocolat entourée de petits lutins farceurs en meringue. (Personne n'aime trop la bûche chez vous mais les enfants tiennent aux petits lutins farceurs.) L'Homme apportera un gigantesque bloc de foie gras traditionnellement offert par un de ses fournisseurs, quelques bouteilles de bon Bordeaux et un magnum de champagne (provenance identique).

Vous descendez du grenier le carton où vous avez rangé, le Noël précédent, les guirlandes argentées, les étoiles d'or, les boules de toutes les couleurs, les petits anges un peu poussiéreux, etc., pour décorer le sapin planté dans un coin du salon.

Le 24 décembre. 12 h 30. Arrivée de l'Homme + foie gras + Bordeaux. Il a oublié le champagne. Tant pis. On s'en passera.

Vous déjeunez tous les deux sur un bout de table, dans la cuisine, d'un poulet rôti de la maison Boudet. L'Homme est de mauvaise humeur. Il ne vous a pas encore dit pourquoi. Vous ne perdez rien pour attendre.

Vous aussi, vous êtes grognonne. Vous regrettez le champagne qui met toujours de l'ambiance dans une réunion de famille. Toutes ces activités ménagères vous ont épuisée. Sans compter que Florence, la Grande Salope, n'a même pas rangé sa

175

chambre (en fait celle de Fille Aînée) avant de partir. Il vous a fallu le faire vous-même pour éviter une scène avec Justine. Cela vous a rappelé son existence à cette guenon (Florence, pas Fille Aînée adorée) et la question qui vous ronge : « A-t-elle couché avec l'Homme ? »

L'Homme (ton bougon) : Qu'est-ce que tu m'as acheté comme cadeau ?

Vous (ton faussement taquin) : C'est un secret que je glisserai cette nuit dans ton soulier.

L'Homme : Arrête ! On n'a plus quinze ans et toutes ces mômeries ne sont plus de notre âge.

Vous : Je me demande bien pourquoi je me crève depuis plus d'un mois à préparer cette grande « mômerie » familiale ?

L'Homme : Pour les petits-enfants. Paraît que ça se fait. Alors, qu'est-ce que c'est, mon cadeau ?

Vous : Ben... heu... il n'est pas terrible mais c'est tellement difficile de trouver quelque chose qui te plaise... Il s'agit d'un très beau livre d'art américain sur les pommiers *Apple and Apple Tree*...

L'Homme : Ah ! Je l'ai déjà...

Vous (effondrée) : Comment ça, tu l'as déjà ? Je l'ai commandé spécialement à New York, il y a à peine un mois...

L'Homme : Mon secrétaire aussi.

(L'Homme est tellement sexiste qu'il n'a pas une secrétaire/femme comme tout le monde mais un secrétaire/père de famille. Un Vietnamien. Charmant, du reste, et efficace.)

Vous (accablée) : L'année prochaine, je ne

t'offrirai rien du tout. C'est trop dur de trouver un truc que tu n'as pas déjà.

L'Homme (gentil) : Mais ne t'en fais pas, ma Titine. Cela n'a aucune importance. Moi, je t'ai acheté un téléphone cellulaire.

Vous (cri d'admiration) : Oh ! génial !

L'Homme (ravi) : Comme ça, tu l'emporteras quand tu te promèneras dans les bois et on pourra t'appeler.

Vous (perdant brusquement votre bonne humeur : ce détail a déjà fait l'objet de nombreuses discussions) : Ah non ! Je vais justement me balader dans les bois pour ne pas être emmerdée par le téléphone.

L'Homme (mécontent) : C'est inouï ce que tu détestes la technique moderne. Tu es une technophobe !

Vous : C'est vrai. Je pense que le progrès technique est en train de nous bouffer.

L'Homme lève les yeux au ciel.

L'Homme (de plus en plus mécontent) : C'est fini, figure-toi, le temps des babas cool. Alors, tu n'en veux pas de mon téléphone ? Tu sais qu'il m'a coûté très cher.

Vous : Quelle délicatesse de parler du prix d'un cadeau ! Mais si, j'en veux bien de ton coûteux présent... pour bavarder avec mes copines, allongée sur une chaise-longue dans le fond du jardin...

L'Homme (aigre) : ... et glousser en disant du mal des bonshommes.

Vous (moqueuse) : Tu devines tout !

L'Homme (fronçant les sourcils) : A propos de bonshommes, qu'est-ce que c'est que ce guitariste colombien que Petite Chérie amène ce soir ?

Vous : Son dernier amoureux. Je ne crois pas que ce soit très sérieux.

L'Homme : Mais il n'est pas question qu'elle amène ses petits copains à nos fêtes de famille ! Dis-lui.

Vous : Je suis d'accord avec toi. Mais dis-lui toi-même.

L'Homme (ton sec) : Ça veut dire quoi, ça ?

Vous (ton sec également) : Que si tu as quelque chose à reprocher à notre fille cadette, tu le fais tout seul comme un grand. Moi, j'en ai marre de transmettre les paroles du Chef et de me taper les discussions déplaisantes à ta place avec tes filles.

L'Homme (furieux) : C'est ton rôle de mère !

Vous (en colère) : C'est ton rôle de père. Et, s'il te plaît, arrête de grignoter les os du poulet en les tenant avec tes doigts et de les poser après AUTOUR de ton assiette... !

Voilà un des petits travers qui vous énervent prodigieusement chez votre Seigneur et Maître. Non seulement il tient les os de son poulet comme un pithécanthrope avec ses doigts, et les ronge en faisant un bruit de suçotement terrible, mais ensuite il les dépose soigneusement sur la table, en rond AUTOUR de son assiette. Jamais dedans. Vous trouvez cela dégoûtant surtout quand vous desservez et que vous devez ramasser les restes graisseux avec vos chères menottes propres.

178

Il y a trente ans, l'Homme vous a révélé qu'il s'agissait d'une habitude prise en prison, dans le couloir de la mort, où il avait attendu pendant des mois d'être garrotté par ordre de Franco, pour avoir tué un *guardia civil* qu'il avait pris pour un soldat allemand qui le poursuivait.

L'admiration vous a, sur le moment, rendue tolérante. Mais, les années passant, vous avez considéré qu'il y avait prescription et que votre époux bien-aimé devait faire l'effort de se tenir à table comme un gentleman.

Hélas, à vos remarques de plus en plus violentes, l'Homme n'a opposé que des ricanements.

Aujourd'hui, la moutarde vous monte au nez.

Vous : Puisque c'est comme ça, tu ramasseras tes os toi-même, tu les jetteras toi-même dans la poubelle... et tu laveras toi-même tes mains !

L'Homme : Oh ! là ! là ! Quel vilain caractère ! Qu'est-ce que tu as aujourd'hui ?

Vous (criant) : Je suis crevée avec tous ces préparatifs de Noël. Personne ne m'aide. Sans compter (la sirène d'alarme retentit dans votre tête mais vous ne pouvez retenir vos paroles) que j'ai dû faire le ménage à fond de la chambre de ta copine qui est sale comme une cochonne et qui a bouché les cabinets de la salle de bains. Justine va être furieuse.

L'Homme (étourdi par ce flot de paroles courroucées) : Quelle copine ?

Vous (hurlant) : TA Florence !!!

L'Homme (hurlant à son tour) : Ce n'est pas MA Florence d'abord et...

179

Vous (plaidant le faux pour savoir le vrai) : Ah! parce que vous ne couchez pas ensemble? Pourtant c'est la rumeur qui court...

L'Homme : ... chez tes connasses de copines! Non, Madame, je ne baise pas avec Florence, en tout cas, pas depuis trente-cinq ans!

Vous (que l'évocation de ces amours anciennes met en fureur) : Tu mens! Ton nez remue!

L'Homme (explosant de colère) : J'en ai marre de ta jalousie hystérique! Tu me fais chier et, si tu continues, je vais me tirer...

Vous (perdant les pédales et insolente) : Ha! Ha! Parce que ton départ est supposé constituer une terrible punition? Mais je m'en fous, mon pauvre lapin!

L'Homme se lève, blanc de rage, jette sa serviette par terre, sort de la maison, monte dans sa voiture, disparaît à l'horizon.

Vous vous écroulez en larmes sur la table de la cuisine.

Deux heures plus tard, vous sanglotez toujours...

... quand des bruits de moteurs et des piaillements joyeux vous avertissent que votre petite famille au complet vient d'arriver. Vous entendez vos filles vous chercher : « Maman! Maman, où es-tu ?... » Finalement, elles entrent dans la cuisine et restent pétrifiées de surprise devant vos joues ruisselantes de larmes et votre figure bouffie.

Petite Chérie (s'élançant vers vous) : Tu es malade, Ma Maman ?

Fille Aînée : Papa a eu un accident de voiture ?

Vous (petite voix désespérée) : Non. Nous avons juste échangé quelques mots désagréables. Il est reparti à Paris.

Petite Chérie (épouvantée) : Tu veux dire qu'il ne va pas passer Noël avec nous ?

Fille Aînée : C'est moins grave qu'un accident de voiture. Surtout qu'il va peut-être revenir.

Vous : Sûrement pas (ton dramatique, style Phèdre à la Comédie-Française) : Et moi, je vais demander le divorce.

Vos deux filles éclatent de rire.

Petite Chérie : Ma pauvre Maman, tu nous menaces de divorcer trois fois par an !

Vous (solennelle) : Cette fois-ci, c'est sérieux. Est-ce que vous savez qu'en langage « politiquement correct » mariage se dit : « Incarcération domestique »... A moi la liberté ! En plus, votre père m'a trompée !

Fille Aînée : Arrête ! Je n'ai jamais vu un couple s'aimer autant que vous. C'est obscène !

L'Homme ne revient pas.

Vous passez le reste de l'après-midi assise tristement dans un coin du salon à regarder vos petits-

181

enfants courir gaiement en tous sens. De temps en temps, Justin ou Alizée grimpe sur vos genoux et vous questionne avidement : « Mamie ! C'était comment quand tu étais petite ? T'as vu des dinosaures ?... Y avait déjà le téléphone ? Papie, il conduisait des courses de chars comme dans *Ben Hur* ?... Vous dormiez dans une caverne avec des ours ? », etc. Heureusement, pour vous réconforter de votre âge préhistorique, Diego, l'amoureux colombien de Petite Chérie, assis à vos pieds, vous joue de la guitare. Il a été un peu surpris de débarquer dans une maison inconnue et d'y trouver une grosse dame en larmes. Votre fille cadette lui ayant expliqué la situation, il essaie de vous consoler avec de la musique de son pays. Charmant garçon. Dommage que la Colombie soit si loin de la France et que le kidnapping et la drogue y soient des activités locales.

Après un dîner léger (à cause du réveillon) et la traditionnelle partie de Monopoly, départ pour la Messe de Minuit.

En fait, aucun de vous n'est croyant, ou ne l'est plus. Les enfants de Fille Aînée ne sont même pas baptisés. Mais la Messe de Minuit est sacrée. Une cérémonie mi-spirituelle mi-familiale où vous vous rendez tous en un groupe chaleureux et joyeux.

Sauf vous, dans le secret de votre cœur.

Vous ne vous rappelez pas avoir jamais passé un Noël avec vos parents. Cela vous a manqué.

Et puis, c'est la Nuit du Scandale de votre enfance.

Jusqu'à onze ans, vous avez souffert de la honte de faire pipi au lit. Votre grand-mère, qui n'avait pas lu Freud, vous grondait sèchement tous les matins : « Mademoiselle, vous êtes une sale ! » Certains jours, prise d'une grande colère, elle vous obligeait à vous promener pendant deux heures avec le drap mouillé sur la tête, symbole de votre indignité. Mais le pire était de l'entendre marmonner aux tantes qui vous invitaient pour quelques jours de vacances chez elles : « Je te préviens, hélas, cette enfant n'est pas propre à son âge ! » Vous transportiez dans votre valise comme un boulet de bagnard une immense alèse en caoutchouc et des draps de rechange. Et vous essayiez de vous empêcher de dormir la nuit pour éviter le drame. (Tiens, votre insomnie récurrente vient peut-être de là. Il faudra que vous en parliez à Psy Bienaimé.)

Mais un des pires moments de votre vie eut lieu une nuit de Noël.

Vous aviez cinq ans environ et vous assistiez à la Messe de Minuit au couvent du Sacré-Cœur où vous veniez d'être admise.

Vos grands-parents étaient aussi présents, groupés avec les familles dans le fond de la chapelle.

Agenouillée sur votre banc, les mains pieusement jointes, vous avez senti brusquement avec terreur un intense besoin naturel vous brûler le ventre. La panique vous saisit. Que faire ? Vous lever, déranger une dizaine de petites « demoiselles du Sacré-Cœur » en uniforme, sortir sous les yeux horrifiés des Mères religieuses et de vos grands-parents ? Plutôt mourir. Mais la messe était longue et les chants interminables. Soudain ce fut le drame. Impossible de vous retenir plus longtemps. Vous pissâtes. Sur le parquet bien ciré de la chapelle. La honte de ce crime de lèse-majesté fut tellement violente qu'au lieu de cacher votre méfait derrière un silence hypocrite, vous avez éclaté en bruyants sanglots désespérés. Toutes les têtes se tournèrent vers vous. Y compris celle de l'aumônier, inquiet. Les élèves qui vous entouraient se mirent à chuchoter et à glousser en montrant la flaque qui vous trahissait. Finalement, une très vieille religieuse vint vous chercher par la main et vous emmena, toujours hurlante, à l'infirmerie. Où elle vous essuya, vous enfila une culotte propre et vous berça en murmurant de petites phrases apaisantes. Que cette sainte femme soit bénie pour l'éternité. Mais la honte d'avoir fait pipi publiquement, un soir de Noël, dans la chapelle des Dames du Sacré-Cœur, vous réveille encore la nuit.

Malgré la gaieté – un peu forcée – de vos filles, le tapage animé de vos petits-enfants et l'excitation de l'ouverture des paquets glissés dans les chaussures au pied du sapin, il régnait dans l'air de ce Noël une certaine tristesse.

Votre petite famille s'enfuit dès la dernière bouchée du déjeuner du lendemain. (Restes de la dinde froide avec salade. Plus un seul marron. Par-

184

tage des pattes des lutins farceurs en meringue. Personne ne veut plus de la bûche. Vous la jetez.)

Vous avez fermé la maison.

Vous êtes rentrée à Paris.

Prête à demander pardon à genoux à l'Homme-de-votre-vie pour votre sale caractère, pour votre jalousie de tigresse, pour tout et n'importe quoi.

Décidée à lui jurer sur la tête de vos filles que vous ne feriez plus jamais allusion à une dénommée Florence, que vous ne lui reprocheriez plus jamais/ jamais d'éparpiller ses os de poulet sur la table, que vous l'appelleriez toutes les dix minutes du fond des bois avec son merveilleux téléphone (tiens, à propos, le chameau l'a remporté avec lui à Paris).

Bref, résolue à enfiler la robe de bure et la corde au cou des Bourgeois de Calais.

L'appartement était vide.

Il manquait une valise et quelques vêtements de l'Homme.

Il était parti.

Il vous a quittée.

ABANDONNÉE !

Vous vous couchez tout habillée, droite et raide sur votre lit.

Trois jours plus tard, vous n'avez toujours pas bougé. Pieuvre Géante est enroulée si fort autour de vous que vous avez l'impression d'être ligotée à jamais. Sœur Anxiété est assise sur votre estomac et vous murmure des reproches affreux que vous écoutez, trop lasse pour discuter.

Oui, c'est votre faute.

Oui, vous êtes moche, nulle, grosse, mal fringuée, bêêête et en plus un mauvais coup. Non, pas un mauvais coup.

Oui, votre vie est foutue.

Oui, il est arrivé ce qui vous faisait le plus peur depuis que vous êtes toute petite : ÊTRE ABANDONNÉE...

... par vos grands-parents (morts),

... par vos parents (morts),

... par votre premier mari (enfui avec ses chemises tachetées de rouge à lèvres qui n'était pas le vôtre),

... par L'Homme-de-votre-vie bien-aimé (parti à jamais avec la Grande Salope),

... par vos enfants (n'ont pas téléphoné depuis trois jours, les petites vaches),

... par vos amies (éparpillées en vacances à travers le vaste monde),

186

... par Psy Bienaimé (en train de fêter Noël avec sa grande famille sans une pensée pour vous),

... par votre petit chat, Melchior de Gouttière (disparu visiter les toits du quartier),

... par...

Le téléphone sonne.

Mon Dieu! Faites que ce soit LUI! Je ne crois pas en Vous mais si c'est LUI, je ferai le pèlerinage de Saint-Jacques-de-Compostelle à pied.

C'est votre sœur Clara.

Clara: Bonne Année! Tu vas bien?

Vous: Non.

Clara (jubilant): Ce sont tes médicaments! Je t'avais pourtant recommandé de ne pas aller voir un psy!

Vous: Oui.

Clara: Tu connais une certaine Florence?

Vous: Oui.

Clara: Une copine à moi l'a vue hier dînant avec ton mari à la *Cantine des Anges*. Ils avaient l'air de beaucoup s'amuser. Tu étais au courant?

Vous: Non.

Vous raccrochez.

Vous regardez fixement le plafond.

Votre décision est prise:

VOUS ALLEZ VOUS SUICIDER.

CHAPITRE 11

Vous avez déjà essayé de vous suicider à l'âge de quinze ans.

En vous noyant.

Tous les matins, pendant les vacances d'été, vous alliez à pied à la plage de Rabat, parcourant la ville française aux charmantes maisons coloniales entourées de jardins, puis la médina arabe, le mellah juif et leurs souks, en particulier votre préféré, celui des babouches.

Vous traversiez alors une période difficile de votre existence, accablée par un immense dégoût de la vie.

Il était beau. Il était intelligent. Il avait vingt ans. Quand il sonnait à la porte de la maison, vous descendiez l'escalier cramponnée à la rampe tellement vos jambes tremblaient. Votre cœur battait follement jusqu'à vous faire bégayer. Vous l'aimiez à la folie. Votre premier grand amour.

Cela faisait beaucoup rire votre mère, surtout le jour où elle vous expliqua que c'était pour elle que votre bel amoureux venait et non pour vous, pauvre petite sotte.

Le matin suivant, vous êtes partie vous baigner sans emmener votre cher Mac, un énorme bouvier des Flandres noir. Lui, ne méritait pas d'attendre sur la plage que vous ne reveniez pas.

Vous avez bien rangé vos vêtements sur le sable et vous vous êtes élancée dans la mer. Votre projet était de nager jusqu'à l'énorme vague qui barrait l'horizon, et là, de vous abandonner à la violence du rouleau.

Vous avez découvert que les choses n'étaient pas aussi simples. Bonne nageuse, chaque fois que vous vous laissiez couler, un mouvement instinctif vous faisait remonter à la surface.

Jusqu'au moment où une main inconnue vous a empoignée par la bretelle de votre maillot de bain et tirée vigoureusement loin de la vague.

– Au secours ! Laissez-moi !... avez-vous gargouillé, du coup à moitié noyée par l'eau qui s'engouffrait dans votre bouche ouverte de surprise.

Vous vous êtes débattue pour échapper à votre sauveur inopportun. Rien à faire. Il vous flanqua une bonne claque qui vous étourdit et vous ramena d'une brasse déterminée jusqu'au rivage.

Un adolescent arabe.

Il vous engueula :

– Tu n'es pas folle de nager si loin ! Rends grâce à Allah ! Si je ne t'avais pas regardée à cet instant, tu te noyais !

190

– Allah Akbar, répondez-vous en frissonnant, je te remercie. Que Dieu te bénisse.

– Tu trembles? Viens, je vais te donner un gâteau.

Car votre jeune sauveur était le marchand de beignets de la plage. Il en détacha deux, dégoulinant de miel, du jonc où ils étaient accrochés et vous voilà assis côte à côte sur le sable, vous léchant les doigts avec délices et bavardant comme des copains. Les jours suivants, vous viendrez pieusement lui acheter un – ou plusieurs – gâteau(x) et vous tenir au courant des potins. C'est là que vous avez commencé à grossir de cette obésité dite « yoyo ». Vous n'avouerez jamais à Lakdar votre sinistre résolution qu'il avait fait échouer. Ni à lui ni à personne.

Si vous aviez abandonné le projet de vous noyer, le désir d'en finir avec cette chienne de vie n'avait pas totalement disparu de votre tête.

Mais en douceur. Sans souffrance. En beauté.

C'est alors que vous pensez au coup du datura.

Dans le fond du jardin, un peu à l'écart de vos chers orangers, poussait un magnifique datura où pendaient de longues fleurs blanches au parfum musqué et très toxique. On vous avait recommandé de ne jamais y toucher. Et une légende arabe voulait que dormir sous un datura par une nuit de pleine lune entraînât la mort.

Voilà ce qu'il vous fallait.

Un soir où l'astre fut bien rond et d'or pâle,

lorsque votre mère et votre beau-père – l'immense orang-outang velu – furent endormis, vous vous êtes glissée sous l'arbre meurtrier avec une couverture et des coussins. Mourir, soit. Mais confortablement.

Vous adorez la nuit arabe. Ses senteurs de jasmin, de fleur d'oranger et d'épices. Sa rumeur, montant de la médina, de rires, de musiques, d'aboiements de chiens.

Après une petite prière au Bon Dieu pour qu'Il vous accueille aimablement en Son Paradis, vous vous endormez. Adieu tristesse, adieu la vie.

... Et l'aube vous réveilla, complètement courbaturée, avec un affreux mal de tête.

Qui disparut en un éclair quand l'objet de votre passion vous annonça qu'en l'absence de votre mère qui devait partir en voyage, vous étiez invitée par ses parents à passer une semaine chez lui.

Peut-être, après tout, était-ce vous qu'il aimait ?

Il ne vous le dira jamais. Qu'importe. Son sourire charmeur vous fit oublier tous les daturas de la terre.

Curieusement, depuis que vous avez décidé hier soir d'en finir avec l'existence, vous allez mieux. Un grand calme vous a envahie.

Ah ! quel bonheur cela va être de dormir, dormir, dormir pour toujours. D'échapper à cette épuisante angoisse, à cette fatigue qui vous mine,

192

au regret de cette dispute avec l'Homme, au désespoir de son abandon. Oublier tout. Et surtout que personne ne vous aime vraiment. Ni l'Homme qui a claqué la porte et couru retrouver sa Grande Salope. Ni Fille Aînée qui ne vous pardonne pas secrètement de ne pas être la grand-mère idéale qu'elle désirerait pour ses enfants. Ni Petite Chérie qui découvre joyeusement son indépendance et ne pense qu'à ses petits copains. Les enfants ne mesurent jamais à quel point leurs parents ont besoin de leur amour.

En tout cas, vos filles sont de petites misérables qui ne se sont pas inquiétées de vous depuis trois jours! Elles vous regretteront. Elles pleureront. Elles crieront: « Pardon! Pardon! » L'Homme tombera à genoux: « Je n'avais pas compris! » Peut-être mourra-t-il de chagrin? (Vous en doutez.)

Hélas, cette scène épatante, vous ne la verrez pas.

Parce que vous serez morte.

Et que vous ne croyez pas à l'au-delà.

Vous avez beau essayer, vous ne vous imaginez pas en charmant fantôme flottant au-dessus de vous-même, enfin paisible, et regardant avec ravissement sangloter votre famille désespérée.

Et écoutant les réflexions attristées de vos copains à votre enterrement où le Tout-Paris se pressera sûrement.

– Quel drame!

– Pourtant, elle avait l'air si gaie!

– Moi, je me méfiais. Tous les humoristes sont tristes au fond. Regarde Feydeau... Courteline...

– Aucun rapport. Elle n'avait pas le talent de Feydeau ni de Courteline! Juste un tout petit talent...

– C'est vrai qu'elle n'était jamais passée chez Pivot.

– Tu avais remarqué? Elle avait beaucoup vieilli, ces derniers temps.

– Ouais. Devenue une grosse pouffe...

– Et puis son caractère s'était aigri...

– Tu as raison. Elle vous raccrochait facilement au nez si on avait le malheur de lui téléphoner à l'heure de son cher Journal Télévisé.

Non, vous n'irez pas à votre enterrement.

Mais vous allez quand même déserter cette vallée de larmes, Pieuvre Géante qui vous étouffe inlassablement et Sœur Anxiété qui vous accable de remarques désagréables.

Comment?

La noyade? Vous avez déjà essayé : échec. Sans compter que vous jeter dans l'eau sale et polluée de la Seine vous dégoûte. Pouah!

Le datura ne fleurit pas dans votre quartier parisien.

Ah! la ciguë. Elle pousse dans tous les chemins à la campagne. Voilà la solution. Préparer un petit dîner devant la cheminée à base de caviar (un dernier plaisir avant de quitter cette terre de misère) suivi d'une salade de grande ciguë à la vinaigrette de xérès. Style Socrate. La classe, non?

194

Ouais, mais êtes-vous sûre de bien connaître la différence entre la grande ciguë et la carotte sauvage? Ce serait ridicule de vous retrouver, au bout du compte, avec une colique d'enfer à la carotte sauvage.

Vous pendre à une poutre de votre chambre, toujours à la campagne. Comme Cheyenne Brando? Pour que votre cher facteur vous découvre deux jours plus tard et attrape une crise cardiaque? Et puis vous croyez savoir que les pendus ont une grosse langue bleue qui leur sort de la bouche, et même, secrète dégoûtation, font pipi au moment fatal. Beurk. Vous voulez qu'on vous retrouve belle et propre.

Cléopâtre s'est fait mordre par un cobra caché dans une corbeille de fruits. Vous trouverez facilement la corbeille de fruits chez Hédiard. Mais le cobra? A moins d'en voler un dans un zoo où ils doivent être très surveillés. Pas simple.

Vous asphyxier comme votre cher docteur Bettelheim en vous fourrant la tête dans un sac en plastique? Monstrueux! De quoi donner des cauchemars à vos filles pendant le reste de leur vie.

Vous faire *hara-kiri* à la japonaise. Non! Ça doit faire horriblement mal! Vous voulez bien mourir mais pas souffrir. Et puis tous vos couteaux de cuisine sont mal aiguisés depuis que le vieux rémouleur ne passe plus dans votre rue avec sa charrette et sa clochette. (A ce propos, vous n'avez jamais trouvé comment faisaient les autres ménagères pour avoir des couteaux bien coupants. Encore un mystère domestique que vous ne résoudrez pas avant de filer dans l'autre monde.)

Vous jeter du haut de l'Arche de la Défense ? (La laideur du bâtiment ne peut que vous encourager à sauter.) Mais vous avez peur de regretter ce geste pendant le long trajet de la descente. Au secours ! Je ne veux plus mourir ! Trop tard...! Boum !...

Vous tirer une balle de revolver dans la tête comme Montherlant ? La méthode la plus élégante pour la descendante d'une brillante famille d'officiers français. Malheureusement, vous êtes maladroite. Vous risquez de rater votre coup et de vous retrouver dans le coma à l'hôpital avec une moitié de cervelle. Un légume sous respiration artificielle. Pendant des années. Avec votre famille hantée par la terrible question : « On la débranche ou pas ? » Non. Vous voulez bien punir vos chéris de ne pas vous avoir assez aimée mais pas gâcher leur vie à ce point-là. Sauf si l'Homme-de-votre-vie veut se remarier avec la Grande Salope. Cela doit être difficile de divorcer d'un navet qui respire encore. Bien fait.

Avaler des barbituriques comme Marilyn Monroe ? Cette solution douce vous plaît. Vous endormir paisiblement pour toujours, le sourire aux lèvres : voilà le rêve.

Vous saisissez un papier et un crayon pour faire la liste (on sait que vous êtes une dingue des listes) de ce qu'il vous faut pour réussir votre OPÉRATION SUICIDE.

196

D'abord vous offrir une ravissante chemise de nuit en dentelle blanche que vous avez vue en vitrine chez Nina Ricci. Coûte très cher, mais quelle importance désormais? Si vos filles comptaient sur votre héritage, tant pis pour elles.

Vous ruiner définitivement, cette fois chez Dior, avec une paire de draps brodés. Et puisque vous serez chez Dior, prendre tous les produits nécessaires (y compris votre cher parfum au muguet Diorissimo) pour vous maquiller et vous parfumer somptueusement pour une dernière fois.

Acheter chez le droguiste une bombe de peinture rouge et écrire en grosses lettres sur le mur de votre chambre, au-dessus de votre lit:

ADIEU, mes SALAUDS!

Non. Cette insulte manque de classe.

ADIEU!

tout court suffira.

Vous attrapez ensuite le livre *Suicide, mode d'emploi* camouflé depuis des années dans le bas de votre table de nuit.

Vous lisez: « Vous procurer cent comprimés de N. ou de S. ou quatre-vingts de D., que vous avalez. Eventuellement avec du whisky... »

Cent comprimés! Où trouver un docteur assez dingue pour vous prescrire nonchalamment cent comprimés de N. ou de S. ou même quatre-vingts de D....? Et puis cela doit prendre un temps fou d'avaler cent comprimés, même avec du whisky.

Surtout avec du whisky dont vous détestez le goût de punaise écrasée. Vous allez remplacer cette boisson barbare et *estrangère* par une bouteille de votre chère Blanquette de Limoux. « Vivez et mourez avec la Blanquette de Limoux ». Un bon slogan publicitaire.

Vous continuez la lecture de *Suicide, mode d'emploi*. Tiens : voilà un médicament en vente libre dont vous n'auriez jamais soupçonné qu'il puisse être mortel à haute dose.

Parfait. Vous irez en acheter quatre flacons demain matin dans quatre pharmacies différentes, pour ne pas attirer l'attention.

La phrase suivante vous fait sursauter : « Il est conseillé de faire préparer le produit par le pharmacien sans excipient. » Ils sont fous, ces auteurs. Vous imaginez la tête de Monsieur Cohen, votre potard, si vous lui passiez une telle commande. Vous vous retrouveriez dix minutes plus tard dans une camisole de force.

Un autre conseil vous semble plus judicieux : « Dissimuler les emballages des médicaments derrière les radiateurs pour ne pas faciliter la tâche des médecins du Samu. » Malin, ça !

Le sort en est jeté.

Demain, vous disparaîtrez de cette terre.

Non seulement une grande paix vous a envahie, mais même une certaine gaieté.

Vous vous endormez – sans somnifère – comme un gros bébé tranquille qui vient de boire un bon biberon de lait.

Le lendemain soir, tout est prêt.

Vous avez rangé impeccablement votre chambre et rempli vos vases de vos roses jaunes préférées. La chemise de dentelle virginale de Nina Ricci repose sur le lit aux draps brodés de Dior. Sur la table de nuit, les quatre flacons de S. et, au réfrigérateur, la bouteille de Blanquette de Limoux. Tant bien que mal, vous avez bombé sur le mur, à la peinture rouge, un immense ADIEU! légèrement de travers et un peu baveux. Vous avez griffonné un petit papier, posé en évidence sur la commode, stipulant que vous voulez être incinérée par les Pompes Funèbres Normandes et non pas par les Pompes Funèbres Générales rachetées dernièrement par les Américains. Vous ne désirez pas que votre mort enrichisse un businessman yankee. Vous mourrez française!

Vous avez même changé le texte du répondeur. Cela vous a pris du temps. Vous avez longuement hésité entre :

– « Allô? Par suite d'un suicide, ce numéro ne répondra plus. Adieu. »

Non. Trop sec.

– « Allô, tout le monde? Je ne vais pas vous embêter plus longtemps. J'ai décidé de disparaître pour toujours. Ne me regrettez pas comme je ne vous regrette pas. »

Non. Pas gentil.

– « Allô? Salut les copains! Je me tire de ce

199

monde pourri. Evitez de dire du mal de moi parce que je vous surveillerai de Là-Haut. Vous pouvez envoyer des roses jaune indien "Festival de Cannes" à mon enterrement. Merci. »

Non. Trop bavard.

– « Allô? Je pars pour un long, très long voyage. Inutile de me laisser un message. Je ne reviendrai pas. Je vous embrasse tous... »

Un peu larmoyant mais tant pis : ça ira.

Ah! Vous alliez négliger un détail très important. Vous débarrasser du livre que vous avez offert récemment à l'Homme pour rigoler : *Les 365 fantaisies pour rendre une femme folle d'amour au lit.*

Il n'a pas rigolé du tout.

– Je croyais que je me débrouillais très bien sans ces conseils graveleux! a-t-il sifflé avec hauteur.

– Oui! Oui! vous êtes-vous écriée précipitamment. Tu fais l'amour comme un dieu! C'était juste pour se marrer!

– Je ne me marre pas. Jette-moi ce truc porno à la poubelle!

Vous n'avez pas osé. Pour ne pas choquer Maria la femme de ménage, ni votre chère concierge, ni le clochard qui fouille dans vos poubelles à cinq heures du matin. Malgré vos recherches, vous n'avez pas trouvé de cachettes dans tout votre appart capables d'échapper au farfouillage de vos deux filles. Vous avez fini par flanquer l'objet du délit dans votre petit coffre-fort avec la dernière paire de ciseaux à ongles échappée à Petite Chérie. Et vous l'y avez oublié.

Vous ne pouvez laisser derrière vous un tel document. Vos filles seraient très désagréablement surprises :

– Tiens ! Maman lisait ce genre de livre !!!
– Ben, j'aurais jamais cru ça d'elle !!!

Vous n'avez pas de cheminée pour brûler ce maudit bouquin. Pas le temps de le déchirer en mille morceaux et de le jeter dans les W-C. Nom de Dieu ! Il y a des trucs dont on n'arrive pas à se désempêtrer.

Finalement, vous l'introduisez dans une grande enveloppe sur laquelle vous écrivez d'une écriture déformée le nom de la voisine du dessus (celle qui vous empêche de dormir avec ses talons aiguilles. Et vous allez, à pas de loup, glisser *Les 365 fantaisies pour rendre une femme folle d'amour au lit* sous son paillasson. Dommage que vous ne soyez plus là demain matin pour entendre ses cris indignés.

Il vous reste quelques petites dernières choses à accomplir.

Faire couler un bon bain chaud à la mousse de muguet. Brancher France Musique pas trop fort. Eteindre les lampes de la salle de bains et allumer des dizaines de bougies disposées un peu partout avec quelques bâtonnets d'encens. Vous enfoncer doucement dans la baignoire et, les yeux mi-clos, clapoter dans l'eau divinement parfumée en rêvant que vous êtes enfin heureuse, que tout votre cha-

201

grin va disparaître par le trou du bain ainsi que la Grande Salope. Et qu'ensuite, ce sera le grand calme définitif... divin...

C'est alors que la porte de la salle de bains s'ouvre brutalement.

L'Homme apparaît sur le seuil.

Et reste saisi devant votre décor.

L'Homme : C'est quoi, ce délire ? Tu donnes dans le Vaudou maintenant ?

Vous (gracieusement) : Parfaitement. Je vais dire : *Abracadabra* trois fois. Un bouc noir va surgir et je vais danser toute nue autour jusqu'à ce que je tombe en transe !

L'Homme : Arrête tes conneries ! Pourquoi y a-t-il écrit « ADIEU ! » à la peinture rouge sur le mur de notre chambre, ce qui, entre parenthèses, va nous obliger à repeindre toute la pièce et coûter une fortune ?

Vous : « Adieu ! » cela veut dire : « Salut !... Ciao !... Bye-Bye ! Je me tire !... »

L'Homme : Ah ! Parce que tu te tires ?

Vous : Oui. Comme toi. Mais plus loin !

L'Homme : Et où cela ? Peut-on savoir ?

Vous : Au ciel. Planter des pruniers.

L'Homme : Je ne comprends rien à tes salades !

L'orage crève dans votre poitrine.

Vous (hurlant, une fois de plus en larmes, selon une habitude qui est devenue une seconde nature) : Tu ne comprends jamais rien ! Tu n'as même pas remarqué que, depuis six mois, j'étais malade ?

L'Homme : Toi, malade ? Qu'est-ce que tu as ? Un cancer ? Le Sida ?

Vous : Non. Une dépression. Et ce n'est pas la peine de rigoler en haussant les épaules. Si jamais tu me dis : « La déprime, ça n'existe pas, secoue-toi ! », je t'assomme avec le porte-savon.

L'Homme : Inutile de gueuler comme un cochon qu'on égorge ! Explique-toi calmement.

Vous : Cela fait cinq mois que je vois un psy tous les quinze jours et que je me bourre de médicaments. Et ce soir, là, j'étais en train de me suicider tranquillement.

Vous avez la satisfaction de voir l'Homme devenir blanc et hagard.

L'Homme : Te suicider ? Mais tu es folle ! Pourquoi ?

Vous : Parce que je n'en peux plus d'être angoissée, fatiguée, minée de vivre avec une Pieuvre Géante enroulée autour de moi et qui m'étouffe... Je n'en peux plus d'être moche, nulle, vieille... Que tu te sois tiré pour Noël comme un fumier... et que tu m'aies abandonnée pour la Grande Salope...

L'Homme : Quelle Grande Salope ? Je ne comprends rien... !

Vous : Florence.

L'Homme : Ça recommence ! Tu divagues. D'accord, je me suis installé trois jours chez Julien parce que j'étais furieux contre toi, mais il n'est pas question que je t'« abandonne » pour ce vieux sac d'os de Florence.

Vous : Tu as quand même bien dîné avec elle, avant-hier, à la *Cantine des Anges* !

L'Homme : Parce que nous préparons ensemble un album sur les pommiers normands. Elle s'occupe des photos et moi du texte.

Vous : Pourquoi tu ne me l'as pas dit ?

L'Homme : Et toi ? Tu me racontes chaque fois que tu écris un article ?

Vous (de mauvaise foi) : Ce n'est pas la même chose !

L'Homme (gentiment) : Mais si ! Maintenant sors de ce bain glacé et viens me raconter tout ça en détail, espèce de malade !

Vous obéissez en reniflant. Il vous enveloppe dans votre peignoir et vous frotte tendrement le dos. Vous lui débitez tous vos malheurs. Y compris la phrase mortelle d'Enguerrand VII : « Tu n'es plus baisable ». Votre époux adoré sursaute :

– N'oublie pas de me donner l'adresse de ce salopard ! Je vais aller lui éclater la gueule. Et puis, je vais te montrer, moi, si tu n'es pas baisable...

Vous (un peu tristement) : C'est vrai qu'on fait moins l'amour depuis quelque temps...

L'Homme : Qu'est-ce que tu crois ? Je vieillis, ma pauvre Titine. Mais justement, égoïstement, alors que tu vas veiller sur mes rhumatismes, ce n'est pas le moment pour moi de te quitter.

Vous : Même pour une créature plus jeune et plus jolie ?

L'Homme : Même pour une créature plus jeune et plus jolie... mais sûrement moins marrante ! Allez ! arrête ta gamberge idiote et venez, ma belle

Dame, que je vous prouve que votre pauvre Chevalier est encore à vos pieds... et vaillant!

Du coup, vous oubliez vos noirs desseins.

Mais vous ne jetez pas vos quatre flacons de S. Vous les planquez à leur tour dans le bas de votre table de nuit avec *Suicide, mode d'emploi*.

Sait-on jamais?

« Le plus bel été a peur de l'hiver ». (proverbe turc).

CHAPITRE 12

Très curieusement, vous ne racontez rien de vos exploits suicidaires à Psy Bienaimé. Les mots ne sortent pas. Pourtant vous ressentez pour lui une confiance totale doublée d'une grande affection. Il vous accueille d'un « Bonjour, ma toute charmante » chaleureux. (Vous ne voulez surtout pas penser qu'il puisse appeler ainsi ses autres patientes !) Il émaille vos séances d'une ou plusieurs histoires drôles dont il a un stock inépuisable. Vous faites la chasse de votre côté aux faits divers amusants. Comme il est également méditerranéen, c'est à qui de vous deux rigolera le plus fort. Vous vous demandez parfois ce que pense sa femme, entr'aperçue par une porte ouverte, de vos éclats de rire bruyants. A moins que Psy Bienaimé ne s'amuse autant avec toutes ses clientes. Idée que vous ne supportez pas non plus. Vous voulez croire que vous êtes la préférée. Et la plus gaie. (En tout cas, finies les crises de larmes de vos premières consultations.)

Après ces moments de détente, vous vous

retrouvez en train de lui décrire par le menu tous vos lourds problèmes présents et passés depuis le jour de votre naissance. Vous videz votre sac à déprime.

Il écoute passionnément et se rappelle le moindre détail.

C'est délicieux et revigorant pour l'esprit comme une séance de hammam pour le corps.

Sauf quand le téléphone retentit.

Vous haïssez être interrompue dans votre fervent tête-à-tête par la sonnerie maudite. Vous savez pourtant que l'adorable et souriante secrétaire – qui est devenue, elle aussi, une amie – filtre énergiquement les appels et ne laisse passer que les cas graves : une malade vient de se jeter par la fenêtre... une autre s'est enfuie de la clinique et erre en chemise de nuit et pieds nus dans le métro... un vieux monsieur a essayé d'étrangler son infirmière... Psy Bienaimé finit posément sa phrase et décroche le téléphone. Sa figure s'assombrit. Vous faites semblant de regarder dans le vide mais vous écoutez de toutes vos oreilles. Naturellement, aucun commentaire de sa part ne suit ces drames malgré votre curiosité dévorante. Mais vous le sentez parfois complètement bouleversé.

Aujourd'hui, vous l'interrogez sur la question qui vous tracasse depuis quelques jours :

– Est-ce qu'on fait encore longtemps l'amour quand on vieillit ?

Psy (très sérieux) : Cela dépend des gens. Certains oui. D'autres non.

Vous : Les femmes plus précisément... heu... à partir de quel âge commencent-elles à ne plus s'intéresser à la chose ?

Psy : En fait, malgré l'opinion répandue, ce sont généralement les hommes dont la libido diminue en premier. Disons à partir de la cinquantaine.

Vous (stupéfaite) : Ah bon ! Je croyais, au contraire, qu'ils avaient un regain d'activité sexuelle à ce moment-là.

Psy : Quelques-uns, oui. La majorité, non.

Vous : Pourtant on parle toujours du « démon de midi » et des types qui laissent tomber leur vieille épouse pour se remarier avec la baby-sitter suédoise. Ce qui est humainement dégueulasse.

Psy : Question de publicité. Eddie Barclay. Johnny Hallyday. Playboy. Mais je connais plus de femmes qui ont une liaison secrète avec un homme souvent plus jeune. Parfois un gigolo.

(Décidément, vous en apprenez des choses chez Psy Bienaimé.)

Vous (curieuse) : Mais ça se trouve où, un gigolo ?

Psy (impassible) : Vous en cherchez un ?

Vous : Non. Je trouve cela inesthétique, un corps de femme qui vieillit accouplé à celui d'un bel éphèbe cupide. Et puis, j'adore mon bonhomme, vous le savez bien. Mais qu'est-ce que je vais devenir si je continue à avoir envie de faire l'amour avec lui et pas lui ?

Psy : Vous reviendrez me voir et je vous donnerai une petite pilule calmante.

Vous : Epatant. Mais jusqu'à quel âge vraiment un vieux couple peut-il continuer à... baiser ?

Psy : Quelquefois... c'est rare mais ça existe... jusqu'à quatre-vingt-dix ans !

Vous : Incroyable ! Remarquez, je regarde parfois les gens dans la rue et je les trouve tellement laids que je peux pas les évoquer en train de faire l'amour.

Psy sourit.

Vous : Le pire, c'est de penser que ses propres parents ont forniqué pour vous fabriquer. Peut-être en poussant des cris de bête ! Mais le plus déplaisant c'est de sentir que ses propres enfants ruminent la même chose de vous quand ils grandissent.

Psy : Et de songer que ses propres enfants font aussi l'amour... ?

Vous : Pratiquement impossible à imaginer !

Psy rit.

La séance terminée, il vous raccompagne à la porte d'entrée, la main amicalement posée sur votre épaule.

Et là, brusquement, « cela » sort de vos tripes.

– Docteur, il faut que je vous fasse un aveu. Avant-hier, j'ai voulu me suicider.

Psy Bienaimé sursaute :

– Et c'est seulement maintenant que vous me le dites !

Il vous ramène au galop dans son bureau et vous fait raconter votre tentative ridicule. Mais il la prend très au sérieux. Et écrit à toute allure une nouvelle ordonnance de deux pages.

Psy : Prenez cela et téléphonez-moi dans deux jours pour me dire comment ça va.

Vous : Docteur, j'ai horreur de vous téléphoner. Je pense à la pauvre dame en train de sangloter dans votre bureau et que je dérange.

Psy : Cela fait partie du traitement. J'insiste. Sinon, je vous fais entrer en clinique !

Vous poussez un cri :

– Ah non ! Pas ça !

Votre copine Anna vous a raconté qu'elle avait vu dans une clinique appelée aimablement « Maison de repos » une malade beurrer ses mocassins et tenter de les manger. Un autre comptait inlassablement les doigts de ses mains, de ses pieds et ses dents (prémolaires, molaires, incisives, canines, etc.).

Vous préférez aller en prison. (L'un n'empêche pas l'autre.) Pour cacher votre trouble, vous regardez votre ordonnance et vous grognez :

– Oh ! là ! là ! Je dois prendre TOUS ces médicaments ! On n'arrête pas de me dire que c'est très mauvais de se bourrer d'antidépresseurs, que je vais perdre la mémoire, devenir dépendante, gâteuse, droguée...

C'est la première fois que vous vous révoltez.

C'est aussi la première fois que vous voyez Psy Bienaimé piquer une colère :

– Qui c'est, ce « ON » ?

Vous : Ben... ma famille, mes sœurs, mes copines, ma Fille Aînée...

Psy (très froid) : Elles sont médecins ?

Vous : Non. Mais... heu... il y a des médecins qui le disent aussi !

Psy : Ecoutez. Quand je vous prescris un médicament, je vous prescris **une** molécule. Et quand vous mangez des haricots verts, savez-vous combien il y a de molécules dans un haricot vert ?

Vous : Heu... non !

Psy : Soixante-dix ! Soixante-dix molécules... Et personne n'a jamais songé à vous reprocher de manger des haricots verts !

Vous (humble) : D'accord. A l'avenir, je fermerai ma gueule.

Psy (retrouvant sa bonne humeur) : Très bien. Pour vous récompenser, je vais vous raconter une petite histoire. Il s'agit d'un Anglais, John B., qui, décidé à se suicider, avait avalé à trois reprises des barbituriques. Trois fois, l'hôpital l'avait sauvé à coups de lavage d'estomac. Ce qui est fort désagréable, comme vous ne le savez pas, Dieu merci ! Dégoûté, John B. s'enroula un fil électrique autour du corps, s'installa dans sa baignoire pleine d'eau et brancha la prise. Les plombs sautèrent. Pas lui. Il essaya alors de se pendre avec le même fil électrique. Qui cassa sous son poids. Il se tordit la cheville.

« Têtu comme peuvent l'être les Britanniques, John B. mit alors sa tête dans le four à gaz. Et obtint comme seul résultat une légère nausée. Jouant le tout pour le tout, il craqua une allumette. Cette fois, les fenêtres de la cuisine et une partie du toit furent soufflés. Un incendie se

212

déclara. Les pompiers arrivèrent et sauvèrent le "suicidé" qui s'en sortit avec quelques égratignures. Et une comparution devant le Tribunal pour pyromanie et destruction des maisons avoisinantes. John B. écopa d'une très sévère amende et jura ses grands dieux de ne plus jamais tenter de se suicider ! Deux jours plus tard, il mourut, écrasé par un camion...

Vous : Elle est charmante... si l'on peut dire ! A mon tour de vous en raconter une. Je ne sais plus si elle est d'Alphonse Daudet ou de Pagnol.

« C'est une très vieille paysanne qui va mourir. Elle a quatre-vingt-dix ans et il ne lui reste qu'une seule dent sur le devant. Elle dit à son vieux mari :

« – Ecoute, Jules, je vais crever, je voudrais que tu me dises si tu m'as jamais trompée. Maintenant, cela n'a plus d'importance.

« Jules hésite puis répond :

« – Ben... une fois. Une seule fois... quand j'étais jeune Compagnon du Devoir et que je faisais mon tour de France ; j'ai couché avec la Mère à Lyon...

« Alors, la vieille paysanne poussa un grand cri rauque de fureur jalouse, planta son unique dent dans l'épaule du traître et mourut de rage.

Psy : C'est vous, la vieille paysanne ?

Vous : Ça pourrait !

Psy (hochant la tête) : On a encore du travail, tous les deux.

CHAPITRE 13

Psy Bienaimé vous a prévenue. C'est aujourd'hui votre dernière séance avec lui. Il considère que vous êtes pratiquement guérie.

Il est vrai que votre insurmontable fatigue s'est doucement évaporée comme un mauvais brouillard. Vous avez même retrouvé assez d'enthousiasme pour commencer un nouveau livre. Vous vous levez à nouveau d'un bond le matin pour courir travailler. Vous tapez à nouveau comme une folle sur votre petite machine à écrire rouge... clac-clac-clac... Vos horribles crises d'angoisse ont disparu. Pieuvre Géante a regagné sa cage et Sœur Anxiété son placard.

Mais vous aimez tellement vos entretiens avec Psy Bienaimé que vous bataillez pour les continuer :

– Je ne suis pas complètement rétablie. Je n'arrive pas à me débarrasser de ma boulimie de crèmes glacées...

Psy : Je sais bien. C'est très dur de s'en délivrer (tout à coup, chuchotant, extasié) : Ah ! le goût

moelleux de la vanille et le craquant sucré des pralines à deux heures du matin !

Vous (stupéfaite) : Parce que vous aussi, docteur... ?

Psy : Eh oui ! C'est quelquefois lourd de porter
sur ses épaules toute l'anxiété de ses malades.
Sans parler des échecs. (Ton amusé) : Vous auriez
réussi votre suicide, j'aurais pris dix kilos !

Vous : Pardonnez-moi, docteur, de vous parler
franchement. Mais dans votre cas, je diagnostique
un stress dû à un terrible surmenage. Prenez dix
jours de vacances dans une île de rêve du Paci-
fique, une boîte de Lexomil et oubliez-nous !

Psy (enchanté) : Ce n'est pas une mauvaise idée !
Vous auriez fait un bon médecin !

Vous : Et pendant que j'y suis, je vais vous donner un autre conseil. Je sais que vous souffrez
beaucoup et souvent d'une sciatique. Mais vous
passez vos journées mal assis, j'oserai même dire
étalé comme une crêpe sur votre fauteuil. Très
mauvais pour votre colonne vertébrale. Vous
devriez porter un lombostat pour maintenir votre
dos. Et puis, je suis sûre que vous ne dormez pas
avec une planche glissée sous votre matelas !

Psy : Heu... non !

Vous : Lit trop mou ! Détestable ! Et entourez-
vous le cou avec une écharpe de soie. Un vieux
truc de grand-mère épatant ! Sans oublier la ceinture de laine quand il fait froid et que vous laissez
la fenêtre de votre bureau entrouverte dans votre
dos.

216

Psy (riant de bon cœur) : Mais vous êtes formidable! Je vous dois combien, docteur?

Vous : Mais rien, cher ami. Entre confrères...

Psy pique deux baisers sonores sur vos joues :

– Allez, au revoir, ma toute charmante! Et au moindre signe que cela ne va pas, téléphonez-moi, bien que vous n'aimiez pas me téléphoner. Promis?

Vous : Juré!

Vous descendez l'escalier, gaie comme une alouette.

Ciao, la Déprime!

Bonjour, la Joie de Vivre!

Il y a des moments où l'existence est un rêve de printemps.

Cet ouvrage a été réalisé par la
SOCIÉTÉ NOUVELLE FIRMIN-DIDOT
Mesnil-sur-l'Estrée
pour le compte des Éditions Flammarion
en avril 1996

Imprimé en France
Dépôt légal : mars 1996
N° d'édition : FF 726605 - N° d'impression : 34577